A

Ich schenk dir eine
Geschichte *2007*

omnibus

Wir danken den Autorinnen und Autoren, die ihren Leserinnen und Lesern die in diesem Buch enthaltenen Geschichten geschrieben und geschenkt haben.

Wir danken den Buchhandlungen, die mit ihrem Engagement dieses Buch und den Welttag unterstützen.

Wir danken folgenden Firmen, mit deren freundlicher Unterstützung dieses Buch ermöglicht wurde:

Holmen Paper AB, Schweden
(Textpapier)
Tullis Russel Company, Schottland
(Umschlagkarton)
Uhl + Massopust, Aalen (Satz)
Repro Stegmüller, München
(Umschlagrepro)
GGP Media GmbH, Pößneck
(Druck/Bindung)
VVA Vereinigte Verlagsauslieferungen,
Gütersloh

Ich schenk dir eine Geschichte *2007*

Geschichten aus aller Welt

Herausgegeben von
der Stiftung Lesen
in Zusammenarbeit mit
der Deutschen Bahn AG,
der Verlagsgruppe
Random House
und dem ZDF

omnibus

OMNIBUS
ist der Taschenbuchverlag für Kinder
in der Verlagsgruppe Random House

OMNIBUS-Taschenbücher gibt's in Buchhandlungen, in Buchabteilungen
der Warenhäuser und überall, wo man Bücher kaufen kann.
Buchhandlungen sind gern bereit, jedes lieferbare OMNIBUS-Taschenbuch
schnell zu besorgen.
Das OMNIBUS-Gesamtverzeichnis gibt's beim Buchhändler oder unter
dieser Adresse: OMNIBUS, Prospektservice, 81664 München

Informationen über unser Programm im Internet:
http://www.omnibus-verlag.de

Einmalige Sonderausgabe April 2007
Gesetzt nach den Regeln der Rechtschreibreform
© 2007 OMNIBUS, München
Alle Rechte vorbehalten
Umschlagbild und Weltkugel-Vignette:
Carola Holland
Umschlaggestaltung: Klaus Renner
MI · Herstellung: CZ
Satz: Uhl + Massopust, Aalen
Druck und Bindung: GGP Media GmbH, Pößneck
ISBN-13: 978-3-570-27600-6
Printed in Germany

www.omnibus-verlag.de

Vorwort

Sie können mit hohen Bergen gespickt sein oder flach sein wie ein Laptop – eines haben alle fernen Länder gemeinsam: Jede Menge spannende Abenteuer warten dort darauf, gemeistert zu werden. Manche dieser Herausforderungen sind so ungewöhnlich, dass sie schon beim »Nur-daran-Denken« ein Kribbeln in der Magengegend erzeugen. Andere wiederum sind scheinbar alltäglich – aber nicht weniger spannend. Das weiß jeder, der schon einmal auf asiatische Art sein Mittagessen mithilfe von Stäbchen vom Teller zum Mund balanciert hat.

Acht besonders faszinierende Geschichten aus den unterschiedlichsten Teilen unserer Erde haben wir hier für euch ausgewählt: Mit unserem Welttags-Kinderbuch »Ich schenk dir eine Geschichte 2007« möchten wir eure Neugierde auf fremde Länder und eure Leselust wecken. Zum Beispiel mit den Erlebnissen von Chaka in Botswana, Juanita in Mexiko und Fabian in Australien.

Wir freuen uns sehr, dass dieses elfte Welttags-Verschenkbuch etwas ganz Besonderes ist: Die Partner der

Kampagne machen es möglich, dass alle Fünftklässlerinnen und Fünftklässler in Deutschland die Chance bekommen, kostenlos ein Exemplar zu erhalten. Aber natürlich müssen auch andere Kinder nicht leer ausgehen, denn viele Buchhandlungen verschenken 2007 wieder unser Welttags-Buch. Ihnen und allen anderen Beteiligten möchten wir ganz herzlich Danke sagen – und euch viel Spaß beim Lesen der Abenteuer aus aller Welt wünschen.

Markus Schächter
Intendant des ZDF

Hartmut Mehdorn
Vorstandsvorsitzender
der Deutschen Bahn AG

Jürgen Weidenbach
Verleger und Geschäftsführer
C. Bertelsmann Jugendbuch

Rolf Pitsch
Vorstandsvorsitzender
der Stiftung Lesen

Inhalt

Brigitte Blobel

Stark wie ein Löwe

Chaka war auf dem Heimweg von der Schule. Er hatte seine Schulsachen dabei, in einer Mappe aus Gazellenleder, mit der schon sein Vater ins College gegangen war. In der Tasche gab es ein Fach für das Buschmesser, ein Fach für Hefte und Stifte, eines für Bücher und eines für seine Essensration: eine kleine Plastikflasche mit Schraubverschluss, die er noch vor dem Heimweg in der Schulkantine mit Wasser gefüllt hatte, Scheiben von luftgetrocknetem Kudu-Schinken und eine Handvoll kleiner grüner Bananen. Aber außer alldem trug er in dieser Tasche einen Schatz nach Hause: einen Prospekt von der Firma Toshiba mit den neuesten Computer-Modellen. Chaka hatte eine Leidenschaft für Computer. In seiner Schule war er der Schnellste am Computer. Sie hatten nur ein altes Ding, es war ein Geschenk der Regierung für einen Wettbewerb, den Chakas Schule gewonnen hatte. Und jetzt hatte sein Lehrer ihm den Prospekt geschenkt! Er konnte es immer noch nicht glauben.

Die Tasche trug er in einem langen Riemen über der Schulter und daran baumelten seine Schuhe. Die Turnschuhe waren früher einmal hellgrau gewesen, mit weißen Streifen, aber jetzt waren sie rot wie die Erde von Okwi im Okawango-Delta, über die Chaka seit seiner Kindheit gelau-

fen war. Die rote Erde, die diese Gegend von Afrika bedeckte.

Sobald er den Schulbus verlassen hatte, zog er die Schuhe aus und lief barfuß, so wie früher, als er noch die Ziegen gehütet und die Dorfschule besucht hatte.

Damals war es ein kurzer Schulweg von seinem Elternhaus bis zur Schule gewesen, vielleicht fünf oder sechs Kilometer. Leicht in einer Stunde zu schaffen. Aber auch dieser kurze Weg führte schon durch den Busch und über die Ebene mit dem Löwengras, und vorbei am gelben Fluss, in dem immer ein Krokodil herumschwamm, egal wann er sich zum Fluss wandte und ihn anschaute. Immer ein Krokodil, scheinbar träge, vollkommen unsichtbar bis auf die Wölbungen seiner Nasenlöcher, die bei jedem Atemzug winzige ringförmige Bewegungen auf der glatten Wasseroberfläche auslösten. Und die Augen natürlich, fixiert auf eine Antilopenherde, ein paar Zebras oder Springböcke, die wie x-beinig dastanden und tranken. Gierig und lange, als wären sie tagelang über dürre, trockene Ebene gewandert. Und zwischen den großen Tieren, nah bei ihren Müttern, waren immer Junge, ahnungslos und verspielt. Das Krokodil hatte sie genau im Visier. Genauso wie den kleinen Schuljungen, der jeden Morgen am gelben Fluss entlang zur Schule musste, weil auch in Botswana, mitten im schwarzen Herzen von Afrika, die Kinder lernen müssen. Jeden Morgen, wenn die Sonne noch nicht aufgegangen war und alles in das gleiche Blau getaucht war: der Himmel und die Hügel hinter dem Fluss und der Wald und die Straße. Blau war die Stunde der Morgendämmerung. Wenn die Paviane durch die Baumkronen sprangen und die Regenvögel mit ihren roten, krummen Schnäbeln heisere Schreie ausstießen und Hornissen wie ferngesteuerte Hubschrauber dicht über der Wasseroberfläche, ganz nah am Kopf des Krokodils, vorbeibrummten. Das Krokodil sah sehr wohl die Affen und hörte die Regenvögel, aber dafür interessierte es sich nicht. Chaka wusste, wann das Krokodil Hunger hatte. Immer wenn er die Augen und die Nasenlöcher des Tieres ganz nah am Ufer des gelben Flusses sah, wusste er, dass das Krokodil noch nichts im Magen hatte. Es wartete auf Beute, auf ein leckeres Mahl, stundenlang, tagelang, reglos. Es wartete darauf, dass eines der jungen Antilopenkinder einen Fehler machte und sich zu weit von der Herde entfernte. Bis plötzlich, so schnell, dass Chaka das Herz stehen blieb, diese harte, starke Schwanzspitze das Wasser aufpeitschte und das Krokodil, dem man so viel Tempo gar nicht zugetraut hätte, vorschnellte, den Rachen weit aufriss und seine Sägezähne über dem Schenkel einer kleinen Antilope zuschnappen ließ. Das Wasser kochte an der Stelle, wo der Kampf stattfand, und färbte sich schließlich rot, aber dann zog das Krokodil seine Beute ins tiefe Wasser, und Chaka sah nichts mehr.

Wegen des Krokodils hatte er nie in diesem Fluss gebadet, aber Angst hatte er trotzdem nicht. Er war ein schneller Läufer und er hielt immer Abstand vom Fluss.

Aber jetzt war der Schulweg weiter, viel weiter, und deshalb schlief er fünf Nächte in der Woche in dem großen Schlafraum über dem College, zusammen mit 35 anderen Schülern, und fuhr nur ein mal in der Woche mit dem Schulbus nach Hause.

Doch der Bus fuhr nicht bis zu seinem Dorf, sondern entließ ihn an einer Kreuzung, sodass er den Rest zu Fuß gehen musste, mehr als 18 Kilometer. Der Busfahrer hieß Obotie und war mit einer Frau aus Chakas Dorf verheiratet, aber trotzdem konnte er seinetwegen keinen Umweg von 36 Kilometern machen. Obotie ermahnte ihn aber jedes Mal, gut aufzupassen auf dem Heimweg und nicht zu träumen. Denn wenn man träumte, horchte man nicht auf die Geräusche der Natur und konnte leicht eine Gefahr übersehen. Da wo Chaka lebte, gehörte das Land den wilden Tieren. Es war ein Naturreservat, vor fünfzig Jahren angelegt, und niemand der Bewohner durfte ein wildes Tier einfach so töten. Niemand durfte einen Elefanten töten, um sein Elfenbein zu rauben, oder einen Geparden, weil ihm das Fell so gefiel. Das Land gehörte den Tieren, und sie, die Menschen, waren nur Gäste auf diesem Land, so hatte sein Vater es ihm erzählt. Und weil die Tiere wussten, dass ihnen keine Gefahr drohte, benahmen sie sich auch wie die Herren und liefen nicht weg, wenn ein Mensch oder ein Auto sich ihnen näherte. Es war eine gute Gegend, um wilde Tiere zu beobachten, eine sehr gute Gegend sogar, und die Menschen in Chakas Dorf lebten alle irgendwie von den Fremden, die aus aller Welt herkamen, um die Tiere in der Wildnis zu erleben. Die Leute kamen, staunten und riefen: »Das ist das Paradies!«

Auch an diesem Nachmittag tätschelte der Busfahrer Chakas Kopf und sagte: »Schön aufpassen! Nicht träumen!«

Chaka war es unangenehm, dass Obotie ihn wie ein Kleinkind behandelte. Er hob nur wortlos die Hand und sprang geschmeidig wie eine Katze aus dem Bus, ohne die Stufen zu nehmen, und die Ledertasche schlug gegen seine Hüften, aber das war okay.

Denn im Bus saßen Mädchen, die ihn beobachteten, und eine von ihnen, Khadidja, besuchte dieselbe Klasse wie er und hatte Augen, so groß und schwarz schimmernd wie eine Antilope. Sie lächelte jedes Mal, wenn er sie wie zufällig ansah, und dann hüpfte sein Herz und er lächelte zurück. Er wusste, dass Mädchen, und besonders Mädchen wie Khadidja, die auch in einem Dorf aufgewachsen waren, nur Jungen bewunderten, die stark und furchtlos wie Löwen waren. Er wollte so ein Löwe sein. Deshalb schaute er nicht auf, als der Bus wieder anfuhr, und ging einfach geradeaus, furchtlos und mit großen Schritten, für den Fall, dass Khadidja ihm aus dem Rückfenster nachsah. So lange, bis das Auto nur noch eine kleine rote Staubwolke war und er ein winziger schwarzer Punkt auf der roten Erde.

Jeden Freitagnachmittag blieb er stehen, sobald von dem Bus nichts mehr zu sehen war, und zog seine Schuhe aus. Er knotete sie an den Bändern zusammen und hängte sie über seine Tasche. Barfuß fühlte er sich wohler.

Die Straße teilte sich an dieser Stelle. Der rechte Weg führte zur Savuti-Lodge, einem Buschhotel, in dem die Gäste in kleinen Pfahlhäusern über dem gelben Fluss wohnten. Da arbeitete sein Vater, sechs Tage in der Woche. Die linke Straße war von Baggern und Traktoren aufgewühlt und hatte Löcher, in denen Personenwagen einen Achsenbruch bekommen konnten. Sie führte vorbei an dem großen Loch, das die Bagger aushuben für einen Staudamm, und weiter am Fußballfeld vorbei und an den Pumpanlagen

für die großen Generatoren, die später für den Staudamm gebraucht wurden, zu seinem Dorf, in dem es eine Shabeen gab, eine kleine Kneipe, wo die Arbeiter mittags essen und dann in der Hitze unter dem großen Baum im Schatten schlafen konnten.

Aber zwischen dem rechten und dem linken Weg gab es noch den alten Pfad, der früher von den Leuten aus Okwi benutzt wurde, wenn sie Einkäufe in der Stadt gemacht hatten und von der Bushaltestelle in ihr Dorf zurückwanderten. Der Weg wurde, seit die Leute in Okwi mit dem Auto oder dem Moped zur Arbeit fuhren, nur noch selten benutzt. Und er wuchs langsam wieder zu, die Büsche neigten sich über den Weg und wuchsen darüber wieder zusammen, sodass er streckenweise wie ein dunkelgrüner, feuchter und kühler Tunnel wirkte.

Chaka schnitt mit seinem Buschmesser, bevor er den Weg betrat, von einem der Dornbüsche einen Zweig ab und schälte die Rinde, bis der Stock glatt und weich in der Hand lag. Das war eine Arbeit, die ihn zehn oder zwölf Minuten kostete, aber er liebte es. Dabei horchte er in das Buschdickicht hinein. Alles war still. Sein Großvater hatte ihm beigebracht, wie man Holz so bearbeiten kann, dass ganz andere Dinge daraus entstehen, sein Großvater konnte Masken und Figuren schnitzen, mit denen man böse Geister vom Haus fernhalten und gute Geister beschwören konnte.

Dann bahnte sich Chaka mit dem Messer, das er wie eine scharfe Sichel benutzte, einen Weg durch das Dickicht. Und jedes Mal wunderte er sich darüber, wie in so wenigen Tagen alles wieder so schnell zuwachsen konnte.

Es war ein schmaler Pfad, den die Leute aus seinem Dorf

benutzten, bevor die Straße für den Bau des Umspannwerkes gebaut worden war. Der Weg war schmal gewesen, aber breit genug für eine Frau, die ihr Baby in einem Tuch auf dem Rücken trägt und auf dem Kopf einen Sack Reis oder Mehl oder ein Bündel Brennholz.

Manchmal war der Weg feucht vom letzten Regen, und wenn er eine Pfütze sah, machte Chaka einen Bogen darum herum, aus Furcht, eine Schlange könnte sich in der Pfütze versteckt halten. Er schlug mit seinem Stock auf den Boden, wenn er sehr trocken und von Laub bedeckt war. Schlangen mögen es nicht, wenn der Boden vibriert, und machen sich davon.

Chaka hielt seine Augen immer aufmerksam auf alles gerichtet, was ungewöhnlich war. Er wusste, welche Vögel in welchen Bäumen sitzen und vor welchen Pavianherden man sich in Acht nehmen musste, denn Paviane können sehr gezielt mit schweren Dingen werfen, wenn sie sich und ihre Sippe gestört fühlen. Chaka konnte auch Spuren lesen, und meistens vergnügte er sich auf dem Heimweg damit, nach Spuren von Zebras, Giraffen oder Antilopen zu suchen, das Alter der Tiere zu erraten und den Weg, den sie nehmen würden, sein Vater hatte ihm das beigebracht. Sein Vater war ein Ranger. Einer der Männer, die alles über die Tiere von Botswana wussten und die Gäste aus aller Welt in offenen Landrovern herumfuhren, zu den Stellen, wo eine Löwin ihre Jungen aufzog, zu den Sümpfen, in denen die grimmigen Wasserbüffel in riesigen Herden zusammenlebten, zu der Lichtung, auf der Elefantenbullen miteinander um die Vorherrschaft über die Herde kämpften.

Alles, was Chaka über die Tiere seiner Heimat wusste, hatte er von seinem Vater gelernt.

Aber an diesem Tag waren seine Gedanken bei dem Computerbuch, und irgendwann, als der Weg breiter und heller wurde und er keine neuen Spuren entdecken konnte, hielt er es nicht mehr aus, er blieb stehen, öffnete seine Ledermappe und zog den Prospekt heraus. Er war aus festem glänzenden Papier und zeigte auf der ersten Seite einen Mann im Anzug und weißem Hemd, der in einem Büro saß, das nur aus Glas bestand, lächelnd vor einem großen Computer saß, die linke Hand auf der Tastatur, die rechte auf der Maus.

Er schlug die Broschüre auf, sie war in Englisch, aber das war kein Problem für Chaka. Er hatte schon in der ersten Klasse mit Englisch angefangen.

Und die Begriffe auf dem Computer waren auch alle auf Englisch. Er las gierig, warum der neue Computer besser als der alte war, was man alles mit diesem Computer anfangen konnte.

Er hatte noch nie eine E-Mail verschickt, weil er nicht gewusst hätte, an wen. Er kannte niemanden auf der Welt, der einen Computer besaß, und er wusste noch nicht, dass man auch E-Mails an Unbekannte schicken kann. Er wusste nicht, dass es Spiele gibt, die man herunterladen kann, und Chatrooms, in denen man mit Jungen aus Kairo oder Kapstadt kommunizieren kann.

Jede Seite, die er umschlug, offenbarte ein neues Universum von Möglichkeiten.

Chaka war so fasziniert, dass er sich mitten auf dem Weg einfach hinsetzte, im Schneidersitz. Behutsam und bedächtig, damit das Aufregende ja nicht so schnell vorbei war, blätterte er Seite um Seite um. Eines Tages, wenn er die Schule abgeschlossen hatte, wollte er in eine große Stadt ziehen, größer als die Stadt, in der er zur Schule ging, und viel größer als das Dorf, in dem er lebte. Er wollte in eine Stadt wie Gaborone oder Johannesburg. Oder Pretoria. Er wollte in einem Büro aus gläsernen Wänden sitzen, in einem schwarzen Anzug und einem weißen Hemd. Er würde sich jeden Morgen vor dem Spiegel eine Krawatte binden, dunkle Socken anziehen und glänzende Lederschuhe, die immer sauber blieben, weil er sich ja nur noch in Autos und auf gepflasterten Wegen bewegen würde, wo die Schuhe nicht rot und staubig werden können.

Er hörte das Geräusch erst, als es schon ganz nah war. Ein Schnauben. Ein leises, fast zärtliches Prusten.

Später, wenn er immer wieder über diesen Augenblick nachdachte, war ihm klar, dass der Elefant schon lange an der Stelle gestanden haben musste. Dass der Elefant schon da gewesen sein musste, als er auf der Straße an ihm vorbeiging.

Elefanten, auch wenn sie so groß wie ein Haus sind, können unglaublich leise sein. Sie halten die Luft an oder befehlen ihrem Atem, still zu sein. Wenn sie ihre riesigen Füße heben und wieder aufsetzen, hört man keinen Zweig, der splittert. Keinen Grashalm, der knickt. Elefanten, die eine Tonne wiegen, können sich anschleichen wie ein kleines Kätzchen. Vollkommen lautlos. Das ist eines der großen Wunder.

Aber auch eine große Gefahr.

Als Chaka das Schnauben ein zweites Mal hörte, überlief ein Schauer seinen ganzen

Körper. Er klappte das Heft zu und ließ es ganz vorsichtig auf den Boden sinken.

Er wartete mit angehaltenem Atem, sein Herz schlug gegen die Rippen. Nichts geschah. Alles war vollkommen still.

Chaka zog vorsichtig und sehr tief die Luft ein, aber er konnte keinen Elefantengeruch wahrnehmen. Er hatte auch keinen Elefantendung gesehen auf dem Weg von der Kreuzung bis hierher. Er war vielleicht fünf oder sechs Kilometer tief in den Busch eingedrungen. Eigentlich lebten in diesem Stück Buschland keine Elefanten. Sein Vater hatte hier noch nie einen Elefanten gesehen.

Chaka hatte immer nur Angst gehabt, auf eine giftige Schlange zu treten. Oder, was genauso schlimm war, einem Löwen zu begegnen.

Aber ein Elefant?

Vielleicht hatte er sich geirrt.

Er streckte vorsichtig das rechte und dann das linke Bein und ging in die Hocke, mit den Händen abgestützt. Er wartete. Nichts passierte, kein Geräusch, kein Geruch, kein Wind war in der Luft.

Er stützte sich nur mit einem Arm ab, mit der anderen Hand griff er nach der Broschüre und ließ sie vorsichtig in seine Ledermappe zurückgleiten.

Wieder war alles ruhig. Kein Vogel war in den Bäumen, kein Affe sprang von Ast zu Ast. Nur Fliegen. Die waren überall. Sehr viele Fliegen. Eine setzte sich in seinen Augenwinkel, um von dem Sekret zu trinken, das ihm manchmal aus den Augen lief, er wehrte sie nicht ab. Er machte keine schnellen Bewegungen. Schnelle Bewegungen sind gefährlich, wenn man nicht weiß, wer einem zuschaut.

Langsam, Zentimeter für Zentimeter, richtete er sich auf. Nichts. Stille.

Ein Flimmern der Sonne durch das kleine Loch in den Baumkronen.

Er atmete aus. So tief, dass er seine Lungenspitzen fühlte, er hatte sich getäuscht. Lächerlich, diese plötzliche Angst, wo kam die her? Er dachte an Khadidja, und er war froh, dass ihm niemand zugesehen hatte.

Er schwang die Tasche über die linke Schulter und sprang auf die Füße. Da brach das Gebrüll los. Der Schrei eines Elefanten, eines großen, eines sehr großen Elefanten. Ein wütendes Gebrüll, das, wenn es von so nah kommt, einem das Trommelfell zersprengen kann.

Chaka machte einen Satz nach vorn.

Und in der gleichen Sekunde begann es in den Bäumen zu rauschen, knackten Äste und stöhnten schwere Baumstämme, flitzten Mäuse, Salamander und andere kleine Tiere in alle Richtungen und die ganze Luft füllte sich mit einem Rauschen und Brüllen und die Erde zitterte und bebte unter Chakas nackten Füßen und dann teilte sich der Busch und der Elefant stand genau vor ihm. Ein Bulle mit einem riesigen, gebogenen, mindestens drei Meter langen Stoßzahn und einem anderen, kleinen, verkümmerten. Die kleinen Augen in der rissigen, schrundigen Elefantenhaut flackerten zornig.

Das ist er, dachte Chaka. Das ist der Bulle, von dem Papa erzählt hat, der Junggeselle, der allein oben in den Hügeln wohnt und der nie ins Tal kommt. Der Bulle, der aus Simbabwe her-gewandert ist, als in Simbabwe Krieg war.

Mit zwanzig Einschusslöchern in seinem Körper, von den Soldaten, die ihn töten wollten, aber nicht die richtige Munition dabeigehabt hatten.

Das ist er, vor dem sich alle fürchten!

Der Bulle stand ruhig, nur seine Flanken bebten.

Chaka umklammerte den Ledergriff seiner Tasche. Er ließ den Bullen nicht aus den Augen. Er wartete.

Der Elefant wartete auch.

Chaka war in einem Dorf aufgewachsen, inmitten einer Landschaft voller wilder Tiere. Nachts war er manchmal aufgewacht von den Rufen, mit denen Löwen sich verständigen, wenn sie jagen, über viele Kilometer hinweg. Ein Nilpferd hatte sich einmal an der Wand gerieben, hinter der er schlief. Affen sprangen über die Dächer der Dorfhäuser hinweg und schrien. Er war kein ängstlicher Junge.

Aber noch nie in seinem Leben war er einem solchen Elefanten begegnet. Und er wusste nicht, was er tun sollte.

Fieberhaft überlegte er, was sein Vater ihm erzählt hatte. Was man tun musste, es fiel ihm nicht ein.

Der Rüssel des Elefanten schaukelte hin und her. Das konnte ein gutes Zeichen sein, aber auch ein schlechtes, denn die Ohren, diese riesigen, dünnen Hautlappen, die an den Rändern so rissig waren, waren aufgerichtet. Ein schlechtes Zeichen.

Chaka hob einen Fuß, in Zeitlupentempo, er brauchte vier Atemzüge, um den Fuß vier Zentimeter vom Boden zu heben. Der Elefant zeigte keine Regung.

Er setzte den Fuß fünfzig Zentimeter weiter rückwärts wieder auf, der Elefant blieb ruhig.

Er nahm den anderen Fuß, vorsichtig, kaum Luft holend, und trat wieder einen Schritt zurück.

Der Elefantenrüssel schlug hin und her, aber die Ohren blieben steil aufgerichtet.

Chaka machte einen schnelleren Schritt. Er hatte hinten keine Augen, er wusste nicht genau, wohin er trat. Er versuchte, sich zu orientieren: War er in der Nähe des Baobab, der auf der kleinen Lichtung stand, inmitten von Löwengras, war er da schon vorbeigekommen? Er wusste es nicht mehr, er erkannte den Weg nicht wieder, er war zu aufgeregt. Aber er konnte nur zurück, denn vorn war der Elefant. Er machte noch einen Schritt, eine Spur zu hastig vielleicht.

Und dann hob auch der Bulle seinen mächtigen rechten Fuß. Chaka sah die Ballen, die so rund und weich wirkten, mit denen Elefanten lautlos gehen können. Der Elefant stand, ein Bein erhoben, und beobachtete Chaka.

Chaka blieb wie versteinert stehen.

Da setzte der Elefant den Fuß wieder auf.

Chakas Herz schlug. Seine Kehle war trocken, in seinem Kopf sirrte es wie in einem Telefonmast für Überlandleitungen.

Papa, dachte er, was soll ich tun?

Aber sein Vater war nicht da. Saß jetzt mit den Gästen der Savuti-Lodge beim Tee und erzählte Geschichten über Tiere, Elefanten und Löwen, irgendetwas. Und wusste nicht, dass sein Sohn dem Tod ins Auge blickte.

Der Elefant schnaubte. Er prustete und sein Rüssel schwang jetzt heftiger hin und her. Er schlug mit dem Rüssel kleine Zweige von den Büschen. Er ist nervös, dachte Chaka.

Er überlegte, ob er etwas sagen sollte, etwas Beruhigendes, Tröstliches, Sanftes.

Aber dann dachte er, dass der Elefant über seine Stimme erschrecken könnte, was alles noch schwieriger machen würde.

Er bewegte sich weiter rückwärts. Schritt für Schritt.

Wollte der Elefant seinen Rüssel um ihn schlingen, ihn in die Luft werfen und zerschmettern, vielleicht aus Spaß? Weil er so stark war und es ihm zeigen wollte, vielleicht aus Zorn, weil Chaka ihn gestört hatte bei irgendetwas?

Er wagte nicht, sich umzuschauen. Ein Elefant ist schneller als ein Mensch, ein Elefant ist in einer Sekunde von null auf vierzig. Im offenen Gelände. Aber hier war das Gelände nicht offen. Es gab große Bäume rechts und links. Bäume, die nicht einfach umfielen, Bäume, die der Elefant erst umstoßen musste. Einmal zurücktreten, den Kopf senken und dann mit der Stirnplatte, mit diesem großen, dicken Knochenstück, den Baum entwurzeln. Das dauert. Ein paar Sekunden nur, aber in diesen Sekunden kann Chaka schon wieder ein paar Meter weiter weg sein.

Chaka wusste auf einmal wieder, wo er war. Er wusste, dass er links in die Büsche eindringen konnte, um zu der Stelle zu kommen, wo das Löwengras wuchs. Es gab da Schlangen, aber darauf konnte er keine Rücksicht nehmen, manchmal schliefen die Schlangen auch auf dem Baum, auf dem alten Baobab, der schon vor hundert oder mehr Jahren gestorben war, der keine Rinde mehr hatte und dessen Äste wie die erstarrten Finger eines Riesen in den Himmel ragten.

Der Baobab war das Wahrzeichen der Gegend. An diesem Baobab hielt sein Vater oft mit den Gästen eine Rast. Wenn sein Vater wusste, dass keine Gefahr von irgendwelchen Tieren drohte, ließ er die Leute aussteigen und bot ihnen aus Thermoskannen Kaffee oder Tee an. Und kleine braune Kekse.

Chaka schlug sich durch die Büsche, die Zweige zerrissen sein Hemd und die Haut über seiner Stirn. Er blutete, und eine Weile war alles rot, was er sah, auch das Löwengras und der riesige, tausend Jahre alte Baobab.

Hinter ihm brüllte der Elefant. Er war wieder näher. Es war Chaka, als könne er seinen Atem spüren wie einen Wind, der ihm in den Nacken fährt.

Chaka sprang über das Gras und die Ledermappe schlug gegen seine Hüften.

Noch zehn Meter bis zum Baum.

Er drehte sich nur ganz kurz um. Er sah, wie der Elefant durch die Büsche brach, den Kopf gesenkt und die Ohren immer noch nach vorn gerichtet. Er sah, wie der Stoßzahn des Elefanten durch das Gras pflügte und ganze Büschel sich an der Spitze sammelten.

Chaka rannte. Er überlegte, ob er die Mappe wegwerfen sollte, aber in der Mappe war sein Proviant.

Als er den Baum erreicht hatte, schleuderte er die Mappe nach oben, in die erste Astgabel. Und er hatte zum ersten Mal an diesem Tag Glück: Der Lederriemen verfing sich, die Mappe baumelte irgendwo in drei Metern Höhe.

Hinter ihm brüllte der Elefantenbulle und die Erde stöhnte unter seinen schwingenden Tritten. Er war wie ein Schiff, er schaukelte hin und her, weil er so schnell war und so wütend.

Chaka spannte sich wie eine Feder, jeder Muskel zitterte, als er zum Absprung ansetzte und mit ausgestreckten Armen nach dem untersten der Aststümpfe griff.

Es war ihm, als greife seine Hand ins Leere, als pralle er gegen den glatten Stamm und fiele wieder hinunter.

Er sah sich schon auf dem Boden, und er sah, wie der Elefant seinen Fuß hob, um ihn zu zertreten.

Aber dann fühlten seine Finger den Aststumpf und er krümmte die Finger und klammerte sich fest, und die andere Hand fand einen Halt, und wie ein Affe kletterte er höher und höher.

Unter ihm baumelte die Tasche.

Der Elefant rannte mit gesenktem Kopf gegen den meterdicken Baumstamm an. Wie eine Walze, wie ein Panzer. Er hielt nicht inne, als er aus dem Dickicht ausbrach, er überlegte nicht, er wollte diesen Baum, der tausend Jahre hier gestanden hatte, einfach umlegen, um sich den Jungen zu holen.

Er brauchte den Jungen nicht, um seinen Bauch zu füllen, er würde ihn nicht fressen, er war Vegetarier, er ernährte sich von Gräsern und Blättern. So ein großer Magen und so kleine Blätter.

Er wollte diesen Jungen nur zerstampfen, ihn dem Erdboden gleichmachen. Wie ein Insekt, das ihn geärgert hatte, wie die Maus, die ihm einen Streich gespielt hatte.

Chaka, oben auf dem Baum zusammengekauert und festgeklammert an einen Aststumpf, hörte den dumpfen Schlag, als der Schädel fast an dem Stamm zerbrach. Der Elefant taumelte. Und wankte einen Schritt zurück. Er schüttelte den Kopf, wie um einen Schmerz zu begreifen, der darin tobte.

Dann sah er Chaka und wieder brüllte er und nahm einen zweiten Anlauf. Die Ledermappe schwang hin und her, und Chaka rechnete damit, dass der Elefant sie mit seinen Stoßzähnen abreißen würde. Aber wieder zitterte der Baum nicht einmal. Und die Tasche baumelte noch immer an dem Ast. Viermal rannte der Elefant gegen den Baum an. Viermal gab es diesen dumpfen Schlag im Kopf des Tieres.

Chaka kauerte reglos in der Astgabel.

Noch nie in seinem Leben hatte er so eine Angst verspürt. Er musste warten, Geduld haben, ruhig werden. Der Elefant durfte seine Angst nicht riechen, der Elefant musste einfach vergessen, dass da oben im Baum ein Junge saß, über den er sich geärgert hatte. Aber Elefanten haben ein sehr gutes Gedächtnis.

Die Sonne sank, der Elefant stand immer noch reglos neben dem Baum. Hyänen schrien und ein Schakal antwortete. Einmal war es, als hörte er das Lachen von Männern, vielleicht waren sie in der Nähe, vielleicht stiegen sie gerade da an dem Baggerloch in ihre Autos und fuhren in die Shabeen, um zu trinken.

Die Kühle des Abends senkte sich über das Land. Mücken kamen in Schwärmen und surrten um seinen Kopf. Er wehrte sie nicht ab, er rührte sich nicht.

Der Elefant bewegte sich, er trottete langsam um den Baum herum, sein Rüssel suchte träge nach einem saftigen, leckeren Kraut, er war nicht hungrig, das merkte

Chaka. Er war ein bisschen müde nach dem Ärger und der Aufregung.

Er umkreiste den Baum, aber in immer größeren Abständen.

Dann hörten sie den Löwen, weit weg. Der Elefant hob den Kopf. Er lauschte. Elefanten mögen keine Löwen. Es sind die einzigen Tiere, zu denen sie Abstand halten. Dabei können ausgewachsene Löwen, auch wenn sie im Rudel sind, einem gesunden Elefanten nichts tun. Der Elefantenbulle schaute sich um. Und dann trottete er, ganz gemächlich, mit schwingendem Rüssel, wieder ins Dickicht zurück.

Chaka hörte das Knacken der Zweige, das Schnaufen und Schaufeln des großen Tieres, und er hörte, viel später, als die Dunkelheit sich schon wie eine schwere Decke über das Land gelegt hatte, ein lautes Platschen und Prusten, und er wusste, dass irgendein großes Tier in den gelben Fluss gestiegen war, Kilometer entfernt. Aber da es sonst so vollkommen still war und Chakas Ohren trainiert waren, auch weit entfernte Geräusche zu hören, dachte Chaka: Vielleicht nimmt er ein Bad. Vielleicht tut ihm das gut, vielleicht, wenn er zurückkommt, ist er nicht mehr wütend auf mich.

Er durfte nicht einschlafen, wenn er einschliefe, könnte er vom Baum fallen, und wer wusste schon, welche Feinde im Gras lauerten. In der Nacht werden die Ängste groß wie die Tiere, vor denen man sich fürchtet. Sein Herz pumpte gegen die Rippen. Er versuchte, sich das Haus seiner Familie vorzustellen Wie sie jetzt alle um den Tisch saßen und aßen. Vielleicht gab es Süßkartoffeln, seine Lieblingsspeise. Er überlegte, wie spät es sein könnte und wann seine Mutter beginnen würde, sich Sorgen um ihn zu machen.

Er hatte Durst. Vorsichtig zog er die Ledermappe zu sich hoch, nahm die Wasserflasche aus dem Fach und trank. Dann steckte er einen Streifen trockenes Kudufleisch zwischen die Zähne und begann zu kauen. Er speichelte das trockene Fleisch ein und kaute, seine Kiefer mahlten. Das beruhigte ihn.

Wenig später hörte er das Brummen eines Motors. Es war der Range Rover, den sein Vater fuhr. Er sah die Strahler der Scheinwerfer, die die Dunkelheit durchschnitten wie scharfe Messer. Er sah, dass der Wagen vorbeifuhr und stehen blieb und wieder zurückkam. Er wartete, dass sein Vater den Motor abstellen, in die Dunkelheit lauschen und mit der Taschenlampe den Boden nach Spuren absuchen würde.

Als der Motorlärm plötzlich abbrach, legte Chaka die Hände vor den Mund und rief: »Papa!«

Zweimal flammten die Scheinwerfer auf, sein Vater hatte ihn gehört.

Als der Range Rover eine halbe Stunde später vor ihrem Haus hielt, stand seine Mutter schon in der Tür. Sie hielt eine Taschenlampe in der Hand und beleuchtete sein Gesicht.

»Was war los, Junge?«, rief sie ängstlich.

Sein Vater lachte. »Der Junge hat ein Buch mitgebracht, mit lauter Computern. Das war los.«

Chaka sprang aus dem Wagen und umarmte seine Mutter. Sie drückte ihn an sich und fuhr mit den Händen durch sein Haar.

»Hast du beim Träumen die Zeit vergessen?«, sagte sie zärtlich.

»Ja, Mom«, sagte Chaka. »Die Computer sind so toll.«

Sie erzählten der Mutter nicht, was wirklich passiert war. Mütter machen sich so schnell Sorgen. Und er war ja jetzt groß. Er hatte seinen ersten Kampf gekämpft. Und gewonnen. Vielleicht würde er es Khadidja erzählen, irgendwann. Damit sie ihn bewunderte und zu ihm sagte: Dein Herz ist stark wie das Herz eines Löwen.

Antje Babendererde

Halb unerwünscht

Ich bin zwölf und zur Hälfte Indianerin. Viel Zeit blieb mir nicht, mich an diese Tatsache zu gewöhnen. Nur ganze vier Wochen. Vor vier Wochen hat meine Mutter mir erzählt, dass mein Vater ein Hopi-Indianer aus Arizona ist, und nun sitzen wir beide im Flieger, um ihn zu besuchen.

Ich bin immer noch sauer auf meine Mutter, weil sie mir erst jetzt die Wahrheit über meinen Vater erzählt hat. Eine ganze Woche lang habe ich nicht mit ihr geredet. Aber dann bin ich fast geplatzt vor Neugier. Wie hat sie ihn kennengelernt? Warum sind sie nicht zusammengeblieben – sie dort oder er hier? Warum hat sie mir nicht eher von ihm erzählt? Wie ist es da, wo er herkommt?

All diese Fragen ließen mich nicht los. Also überwand ich meinen Groll und ging zu ihr. Nun weiß ich ein wenig mehr. Meine Mutter war Studentin, als sie meinen Vater auf einer Urlaubsreise in Arizona kennenlernte. Es war Liebe auf den ersten Blick. Für den zweiten Blick reichte ihre Liebe nicht. Ein paar Wochen später flog meine Mutter nach Deutschland zurück. Da wusste sie schon, dass ich in ihrem Bauch wuchs. Sie wollte nicht, dass ich so leben muss wie die anderen Hopi-Kinder aus dem Dorf meines Vaters, das Shungopavi heißt.

»Was ist so schlimm an diesem Dorf?«

»Es hat keine Bäume, keine Farben.«

»Und wieso hast du mir nicht die Wahrheit über meinen Vater und sein Dorf erzählt?«

»Weil ich nicht wollte, dass du Sehnsucht hast.«

»Wie kann man nach etwas Sehnsucht haben, das man nicht kennt?«

»Das hat etwas mit unseren Vorstellungen und Träumen zu tun. Damit, dass wir uns immer das wünschen, was wir nicht haben.«

Sie hatte recht. Seit ich denken kann, bin ich wütend auf meinen Vater gewesen, weil er sich nicht für mich interessierte. Nun erfuhr ich, dass er nicht einmal wusste, dass es mich gibt. Und sofort bekam ich Sehnsucht nach ihm. Bestimmt weiß er eine Menge und lacht gerne. Wahrscheinlich hat er viel Geduld. Etwas, das nicht Mamas Stärke ist.

Es gefällt mir, die Tochter eines Indianers zu sein. Ich sehe ihn vor mir, groß und stark, mit Federn im langen Haar. Mit Sicherheit hat er ein Pferd. Alle Indianer haben Pferde. Ich kann es kaum erwarten, ihn endlich kennenzulernen.

Mein Vater heißt Yokeoma. Pete Yokeoma. Meine Mutter hatte herausgefunden, dass er immer noch in Shungopavi lebt, und sie hat ihm von mir geschrieben. Da wollte er, dass wir ihn besuchen kommen.

Wir landen in Phoenix, Arizona, und fliegen mit einer kleinen Maschine weiter nach Flagstaff. Ich bin enttäuscht, dass mein Vater uns nicht abholen kommt, aber Mama sagt, dass er nicht kommen kann und sie sowieso lieber unabhängig ist.

Draußen bringt die Hitze mich bald um. Es ist so heiß, dass ich kaum noch atmen kann. Meine Mutter mietet ein Auto, wir verstauen unser Gepäck im Kofferraum und fahren los. Der Wagen hat Klimaanlage, wie gut.

Ich bin zum ersten Mal in Amerika, und was ich sehe, gefällt mir. Pinienwälder (die Bäume sehen ein bisschen so aus wie unsere Kiefern), rote Felsen und ein unglaublich blauer Himmel. Auf den Straßen ist kaum Verkehr, aber man darf hier auch nicht schnell fahren. Bis nach Shungopavi ist es weit und wir werden erst am Abend dort sein.

Ich platze bald vor Neugier. Mama ist fürchterlich aufgeregt, ich merke es daran, wie sie fährt. Hektisch, obwohl wir beinahe allein auf der Straße sind. Außerdem redet sie ununterbrochen. Versucht, mich auf jemanden vorzubereiten, den sie selbst vor 13 Jahren zum letzten Mal gesehen hat.

Nach einer Stunde Fahrt sind die Berge und die Bäume auf einmal verschwunden. Die Felsen sind auch nicht mehr rot, sondern ockerfarben, gelb und schmutzig weiß. Die Landschaft um uns herum ist flach und trocken. Ein tristes Stück Erde. Gelbfahle Wüste.

Mir wird mulmig zumute. Keine Bäume, hatte meine Mutter gesagt, aber hier wächst ja fast gar nichts – außer ein paar Büschel zähen Grases. Ich komme mir vor, als wäre ich auf dem Mond gelandet. Die Landschaft ist abweisend. Werden ihre Bewohner es auch sein?

Später taucht am fernen Horizont ein hohes Felsplateau auf. »Das ist die Black Mesa«, sagt meine Mutter. Jetzt umklammert sie das Lenkrad so fest, dass ihre Fingerknöchel weiß werden. Da weiß ich, dass wir unserem Ziel

näher kommen. Dieses trostlose Stück Erde ist die Heimat meines Vaters. Meine Kehle ist so trocken wie der Boden links und rechts der Straße. Ich muss husten und wundere mich, dass kein Staub aus meinem Mund kommt.

Wir nähern uns dem Tafelberg, und je mehr er in die Höhe wächst, umso wirklicher wird er. Die Straße windet sich unterhalb des Plateaus durch eine graugelbe Steinwüste, und ich bezweifle auf einmal, dass dort überhaupt jemand überleben kann.

Die Dämmerung bricht herein und raubt der Landschaft ihre letzten kargen Farben. Dafür leuchtet der Himmel nun rot und violett. Das alles ist überwältigend für mich. Beängstigend und doch auf merkwürdige Weise schön. Ich werde nun doch müde und will endlich meinen Vater treffen.

»Heute nicht mehr«, sagt Mama.

»Aber warum nicht?« Meine Stimme hört sich quengelig an.

»Weil er diese Nacht in einer Kiva verbringen wird.«

»Dann besuchen wir ihn eben in dieser Kiva.« (Was immer das auch sein mochte.)

»Das geht nicht, Julia. In die Kiva dürfen nur Männer.«

»So etwas Blödes«, brumme ich enttäuscht »Und was macht er da? Ausgerechnet heute, wo er doch weiß, dass wir kommen.«

»Es ist ein unterirdischer Zeremonienraum und er bereitet sich auf einen Tanz vor.«

»Auf einen Tanz?«

»Ja. Morgen werden Katchina-Tänzer in Shungopavi für Regen tanzen.«

»Was sind Katchinas?«

»Geister der Hopi, die zwischen den Menschen und den Göttern vermitteln. Manchmal können sie in Tänzern Gestalt annehmen. Aber das kann dir Pete ... dein Vater sicher besser erklären.«

Lichter tauchen auf, die Neonschrift eines Motels. Es ist dunkel, und ich bin so müde, dass ich kaum noch wahrnehme, wie meine Mutter das Zimmer aufschließt und ich in mein Bett sinke. Sie werden *für Regen tanzen*, geht mir durch den Kopf, während ich ins Tal der Träume hinübergleite. Und ich hatte geglaubt, so etwas gibt es selbst bei den Indianern nur noch in alten Geschichten.

Am nächsten Morgen bin ich zeitig wach, dusche und gehe nach draußen. Die Sonne brennt jetzt schon vom wolkenlosen Himmel, wie soll es dann erst um die Mittagszeit sein? Ich beschatte meine Augen und blicke mich um. Die fahlgelbe Mondlandschaft erschreckt mich nicht mehr. Ich will Shungopavi sehen und endlich meinen Vater kennenlernen. Den Katchina-Tänzer, in dem ein Geist Gestalt annehmen kann.

Nach dem Frühstück fahren wir los. Nicht lange, und ein Schild weist auf den Abzweig nach Shungopavi. Als das Dorf in der Ferne auftaucht, fährt meine Mutter auf einmal sehr langsam, als würde sie etwas aufhalten wollen, das nicht mehr aufzuhalten ist. Doch das Dorf kommt heran. Die meisten Häuser mit ihren flachen Dächern sind aus gelbem Sandstein gebaut und scheinen direkt aus dem Felsen zu wachsen. Keine Farben und kein Baum. Nicht einmal Menschen sind zu sehen. Wo sind sie alle, die in diesen Häusern leben?

Mama hält neben einem großen Holzschild und wir steigen aus. Die Schrift ist verwittert, und mühsam entziffere ich, was da geschrieben steht: HOPI – STAMMESTÄNZE. NICHTINDIANER UNERWÜNSCHT!

Mit großen Augen sehe ich meine Mutter an. Sie zuckt die Achseln. »Dein Vater weiß, dass wir kommen. Er wollte, dass wir zu den Tänzen kommen. Es ist schon in Ordnung.«

Sie entdeckt ein einsames Klohäuschen auf dem Platz, und mit den Worten »Bin gleich wieder da« ist sie flugs verschwunden.

Da stehe ich auf dem staubigen Platz zwischen gelbgrauen Häusern und gar nichts ist in Ordnung. Überhaupt nichts. *Nichtindianer unerwünscht*. Mama ist unerwünscht. Aber was ist mit mir? Ich bin zur Hälfte Indianerin, auch wenn man es mir nicht auf den ersten Blick ansieht. Kann man etwas zur Hälfte sein? Bin ich hier halb unerwünscht und halb willkommen?

»Kannst du nicht lesen?«, fragt plötzlich eine Stimme hinter mir.

Ich wirbele herum. Ein Mädchen mit dunkler Haut und schwarzem Haar steht vor mir und ihre Augen funkeln mich böse an. Sie ist ein Stück kleiner als ich, trotzdem rutscht mir bei ihrem Anblick das Herz in die Hose.

»Ihr *Pahanas* habt vor nichts Respekt«, sagt sie ärgerlich.

Pahanas? »Aber… ich…«

»Du willst unbedingt die Tänze sehen, ich weiß. Deshalb seid ihr meilenweit gefahren, um ein paar bunte Indianer tanzen zu sehen.«

»Ich will meinen Vater sehen«, sage ich, was mich großen Mut kostet.

»Deinen Vater?«

»Pete Yokeoma.«

Das Mädchen schnappt nach Luft. »Das glaube ich nicht.«

»Wieso eigentlich nicht?«, frage ich sie. »Weil ich nicht so aussehe wie du?«

Sie mustert mich von oben bis unten, betrachtet mein helles Haar und blickt mir lange in die Augen. »Wo kommst du denn her?«

»Aus Deutschland.«

»Und wie heißt du?«

»Julia. Und du?«

»Clara. Clara Yokeoma.«

Mama kommt zurück. Sie begrüßt das Mädchen freundlich und fragt: »Kannst du uns zu Pete Yokeoma führen?«

Ratlos zuckt Clara die Achseln, dreht sich um und läuft los. Mama und ich hinterher. Über staubbedeckten Lehmboden, zwischen sandfarbenen Steinhäusern hindurch, von denen sich einige terrassenförmig übereinander erheben. Leitern führen in die oberen Etagen und auf die Dächer. Manchmal sehe ich ein neugieriges braunes Gesicht hinter einer Holztür verschwinden, aber sonst sind die Gassen wie ausgestorben.

Ist Clara meine Schwester, frage ich mich, während wir ihr folgen. An diese Möglichkeit hatte ich überhaupt nicht gedacht.

Plötzlich höre ich etwas. Es ist ein merkwürdiges, vielstimmiges Brummen und Stampfen. Ich höre Rasseln, das Brummen schwillt an und bricht ab, um kurz darauf erneut zu beginnen.

Clara biegt um eine Häuserecke, und auf einmal sehe ich sie, die Dorfbewohner. Sie stehen dicht gedrängt auf den Dächern einiger Häuser und beobachten etwas.

Das Mädchen klettert flink auf eine Leiter und deutet uns an, ihr zu folgen. Die Leute machen uns bereitwillig Platz, damit wir über den Rand des Daches auf den Dorfplatz sehen können.

Es nimmt mir den Atem, ist eine Explosion aus Farben und Bewegung. Eine summende, brummende, klingelnde Masse. Über hundert Tänzer in roten Röcken bewegen sich auf dem Platz. Die Gesichter verborgen hinter furchterregenden hohen Masken aus Holz, links gelb, rechts blau bemalt. Schmale Schlitze für die Augen, erstarrte Münder. Ein Gesicht wie das andere.

Von den Gürteln der Tänzer baumeln Fuchsschwänze und Wacholderzweige. Ihre Körper sind bemalt: rot, gelb und blau. Die nackte Haut glänzt in der Sonne.

Obwohl ich ganz still da stehe, ist mir, als würde sich mein Körper im Rhythmus der Tänzer bewegen. Ich vergesse alles um mich herum, sehe nur sie, fühle sie. Kann es so etwas geben? Ist das die unbekannte Hälfte in mir? Ist mein Vater eines dieser Katchina-Wesen? Tränen laufen über meine glühenden Wangen. Wer bin ich? Gehöre ich wirklich hierher? Bin ich halb unerwünscht?

Für einen Augenblick denke ich, alles wäre leichter, wenn Mama mir nie erzählt hätte, wer mein Vater ist. Wütend auf ihn zu sein, war weniger verwirrend als das, was sich jetzt vor meinen Augen und in mir selbst abspielt.

Dann ist schlagartig alles vorbei. Das Stampfen der Füße hört abrupt auf, das Klingeln der Schellen verebbt. Ein Raunen geht durch die Zuschauermenge, Stimmen werden laut. Einer nach dem anderen verlassen die Tänzer in einer geordneten Reihe den Platz. Frauen mit Körben voller Obst und Gemüse eilen geschäftig hin und her. Die Dorfbewohner schnattern aufgeregt durcheinander und ich höre sie lachen.

Ich mache einen tiefen Atemzug.

Als ich mich umdrehe, steht Clara vor mir. An der Hand führt sie einen der Tänzer, ein buntes Wesen mit starrem Holzgesicht. Ein Hopi-Geist. Das ist dein Vater, schießt es mir durch den Kopf. Groß und kräftig, wie ich ihn mir vorgestellt habe.

Da hebt er die Hände, um die Maske abzunehmen. Darunter erscheinen zwei freundliche dunkle Augen, ein rundes, schweißnasses Gesicht mit kurzen Haaren. Als der Indianer einen Schritt auf mich zumacht, klingeln die Schellen an seinen Füßen. Ohne Maske wirkt er viel kleiner und überhaupt nicht wie ein Geist.

»Du bist also Julia?«, fragt er.

»Ja«, sage ich.

Er lächelt. »Ich bin Pete, dein Vater. Ich freue mich, dass du gekommen bist.«

Kein Händeschütteln, auch keine Umarmung, nur ein Blick voller geduldiger Wärme.

»Na kommt«, sagt er, »gehen wir in mein Haus. Ihr seid sicher durstig.«

Im Haus meines Vaters ist es dunkel und kühl und die Räume sind einfach eingerichtet. Wir bekommen kalten Tee, und er zeigt uns, was er macht. Mein Vater ist ein Künstler. Er schnitzt Katchina-Figuren.

Er geht und zieht sich um. In Jeans und T-Shirt sieht er fast schmächtig aus. Meine Vorstellungen verflüchtigen sich: der große Indianer, die Federn in seinem langen Haar, das Pferd. Was bleibt, ist ein stiller Mann mit freundlichen dunklen Augen.

Reden fällt ihm schwer, aber er bemüht sich. Ich erfahre, dass Clara meine Cousine ist. Ich sehe, wie mein Vater meine Mutter in die Arme nimmt. Sie weint, aber ich weiß, dass sie nicht traurig ist, sondern glücklich.

Mein Vater bewirtet uns mit Piki, hauchdünnem Fladenbrot aus blauem Maismehl. Er führt uns durch sein Dorf und wir lernen ein paar seiner Verwandten kennen.

Als es Abend wird, strahlt der Himmel in roten, gelben und violetten Farben. Keine einzige Wolke ist zu sehen. Ich bin enttäuscht, denn mein Vater, der Katchina-Tänzer, hat den Regen nicht herbeitanzen können.

Am nächsten Morgen werde ich von einem sanften Geräusch geweckt, das durch das offene Fenster dringt. Tropfen fallen auf den felsigen Boden vor dem Haus. Es ist schwerer, gleichmäßiger Regen. Ich stehe auf und gehe zum Fenster, weil ich fröhliches Geschrei höre. Draußen füllen sich Mulden und Rinnen in den Gassen mit Wasser. Kinder tummeln sich in den Pfützen, quietschen vor Vergnügen. Der Himmel ist grau, die Häuser braun vor Nässe – aber die T-Shirts und kurzen Hosen der Kinder leuchten in allen Farben und auch ihr Lachen ist so bunt wie ein Regenbogen.

Schnell schlüpfe ich in meine Sachen und laufe barfuß nach draußen. Clara kommt durch die Gasse vor dem Haus gerannt, schnappt mich an der Hand und zieht mich mit. Sie grinst wie ein kleiner Kobold, meine neue Cousine. Wir schlittern über den glitschigen, warmen Boden und bespritzen uns mit braunem Regenwasser. Die Kinder freuen sich über den Regen, der ihren Mais und die Melonen wachsen lassen wird. Und ich freue mich mit ihnen.

Ich bin Julia, ich bin ein ganzer Mensch und ich bin willkommen. Mein Vater ist ein Hopi, ein Katchina-Tänzer. Er hat den Regen gerufen.

Nina Schindler

Hochgefährlich

»Ach herrje – ich hab ja ganz vergessen, dass sie hier links fahren!« Fabians Vater hievte sich auf den Fahrersitz des Landrovers und probierte die Schaltung aus. »Puh – das ist ganz schön kompliziert!«

Papas Cousin Michael lachte. »Daran gewöhnst du dich fix, du wirst schon sehen! Ich fahr voraus und ihr folgt mir – zu Hause wartet Mary schon mit dem Frühstück!«

Fabian rollte sich auf dem Rücksitz zusammen – er war todmüde, obwohl er den zweiten Teil des Flugs von Singapur nach Brisbane fast völlig verschlafen hatte. Wieso waren seine Eltern bloß auf diese bescheuerte Idee mit der Australienreise gekommen? Weil Papas Cousin hier mit seiner australischen Frau Mary und den beiden Kindern lebte? Kate und ... wie hieß der Junge noch? Ach ja, Chris.

Komisch, dass hieß seit Jahren Verwandte lebten, von denen Fabian bislang gar nichts gewusst hatte ...

»Aufwachen, du Murmeltier!«, flüsterte Mama in sein Ohr. Fabian schreckte hoch. Der gemietete Landrover stand in einer breiten Einfahrt. Aus dem Haus kamen Leute angerannt ... Manno, es ging los!

Während der anschließenden Begrüßung hielt er sich im Hintergrund. Diese Kate war doch mindestens zwei Jahre älter als er – mit der war schon mal gar nichts anzufangen.

Ihr Bruder Chris war etwa zehn, also so alt wie er selber –
nur hatte er lange blonde Haare. Iiihhh, der sah ja fast wie
ein Mädchen aus! Und sein Deutsch hatte so einen komi-
schen Akzent – richtig affig.

Na ja, mein Englisch ist auch nicht so perfekt, gestand
Fabian sich in einem Anfall von Ehrlichkeit ein. Er seufzte
in sich rein. Bestimmt werden das die blödesten Ferien, die
man sich vorstellen kann. Vier Wochen! Volle vier Wochen
lang musste er dieses komische Australien aushalten.

Er sah sich unauffällig im Garten um – aber von Kängurus keine Spur. Ts, wahrscheinlich gab's die auch in Australien bloß noch in Zoos…

Schon am nächsten Tag musste er seinen Rucksack wieder packen, denn sie fuhren in zwei Autos nach Byron Bay,
dem – wie Onkel Michael verkündet hatte – östlichsten
Punkt Australiens. Nee, der hieß ja jetzt Mike, hatte er
Mama und Papa erklärt. Wie ein richtiger Australier.

Der Strand von Byron Bay war erste Sahne, da konnte
auch Fabian nicht meckern. Strahlend weißer Sand, so weit
das Augen reichte, und ein kitschig blaues Meer. In null
Komma nix stand er in der Badehose da und rannte mit
Papa, Onkel Mike und Chris in die flache Brandung. Doch
schon nach den ersten Wellenhopsern wurden sie von
Onkel Mike wieder aus dem Wasser gescheucht.

»Leider ist es heute nichts mit Baden. Da draußen schwimmen massenweise Portugiesische Galeeren rum!«

Fabian reckte den Hals. »Ich seh keine
Schiffe!«, protestierte er.

Chris lachte und Onkel Mike grinste.
»Das sind keine Schiffe, sondern ganz fiese

Quallen. Riesendinger mit langen Nesselfäden. Wenn dich eine berührt, dringt das Gift in deine Haut, und du kriegst eine Riesenverbrennung – ganz schlimm!«

Fabian sah an sich runter: Nee, keine Verbrennung, Glück gehabt.

Neben ihm kicherte Chris und gluckste immer wieder: »Schiffe! Schiffe!«

Fabian ärgerte sich. Woher konnte er denn wissen, dass in diesem blöden Australien Galeeren Quallen sind? Dieser Knilch soll sich bloß nicht so aufspielen!

»Bloß so 'n paar blöde Quallen«, maulte er.

»Ha!« Chris funkelte ihn an. »Es gibt auch – wie heißen die auf Deutsch? – Würfelquallen – das ist das allergiftigste Tier, das es im Meer gibt! Da fällst du schon vor lauter Schreck tot um, wenn du dich an dem verbrennst!«

»Na und? Dann pass ich eben auf!«, sagte Fabian vergrätzt.

»Aufpassen? Den Steinfisch siehst du ja nicht mal! Der kann sich wahnsinnig gut verstecken – und wenn er dich, äh, berührt, bist du schon tot.«

Na toll, dachte Fabian. Wieso machen wir in so einem Land Ferien? Wo man in dem tollen Meer nicht mal schwimmen kann vor lauter Giftviechern?

Aber dann wurde es doch noch ganz nett.

Bis zum Mittag spielten sie Volleyball, und da konnte Fabian ganz gut mithalten und seiner Mannschaft Punkte verschaffen – und bei einem seiner Schmetterbälle sprang Chris erschrocken zur Seite, stolperte und stürzte – und alle lachten, sogar Kate, nur Chris nicht.

Dann machten sie ein tolles Picknick, denn an allen australischen Stränden gibt es riesengroße Grills für die Urlauber.

»Das ist so eine Art Bürgerrecht hier«, schmunzelte Onkel Mike. »Grills und Süßwasserduschen, die gibt es überall entlang der Küste.«

Nach vier Spareribs und zwei Steaks war auch Fabian satt und fand es nun in Australien nicht mehr ganz so grässlich. Wenn dieser blöde Chris bloß nicht wäre. Immer wieder gluckste er fröhlich vor sich hin und sagte: »A ship! Goodness, ein Schiff!«

Am nächsten Tag fuhren sie in die Bunya Mountains, ein Naturschutzgebiet westlich von Brisbane.

Mama las aus ihrem Reiseführer vor: »Hier gibt es Grasbäume und Orchideen, Papageien und Wallabys.«

»Hä?« Das war ein komisches Wort, das hatte Fabian noch nie gehört.

»Das sind auch Kängurus«, erklärte Papa. »Nur sind die etwas kleiner.«

Über schmale Landstraßen schlängelten sie sich hoch in die Berge und schließlich hielt Onkel Mike vor einem Holzhäuschen.

»Welcome to our little cabin«, sagte Tante Mary und schleppte Taschen mit Lebensmitteln in die Hütte.

Fabian schaute hoch: Riesenhohe Bäume verdeckten fast den ganzen Himmel, hier unten war es düster, obwohl es erst drei Uhr war. Das sollte der berühmte Regenwald sein? Also nach Dschungel sah es hier schon mal gar nicht aus, jedenfalls nicht nach den Urwäldern, die Fabian aus

Fernsehfilmen kannte. Er holte tief Luft. Na, wenigstens gab es hier keine Quallen oder Steinfische.

Am nächsten Morgen wollten sie einen langen Marsch durch das Naturschutzgebiet unternehmen. Nach einem ausgiebigen Frühstück stand Fabian abmarschbereit.

»Moment, ihr müsst euch erst noch gegen Zecken einsprühen«, sagte Onkel Mike und wedelte mit einer großen Spraydose. In Sekundenschnelle hatten sich Tante Mary, Kate und Chris splitternackt ausgezogen und Onkel Mike sprühte sie von oben bis unten mit dem Zeckengift ein. Papa und Mama lachten und zogen sich auch aus, nur Fabian weigerte sich.

»Mir machen Zecken nichts aus«, sagte er bockig.

Die hatten echt alle einen Knall! Er zog sich doch nicht vor versammelter Mannschaft nackig aus – nee, er nicht! Und wenn man das in Australien zehnmal so machte – außerdem würde dieser Chris sich bloß wieder über ihn lustig machen.

»Na gut.« Onkel Mike zuckte mit den Schultern. »Ich kann dich nicht zwingen. Aber Zecken sind eklige Biester. Die lauern im Gras und in den Büschen und saugen dein Blut. Wenn man sie dann abmacht, hat man eine kleine Wunde, und wenn man Pech hat, entzündet sie sich.«

»Mir egal«, beharrte Fabian und ärgerte sich, weil Chris schon wieder kicherte.

Dann begann die Wanderung. Sie liefen durch Dandabah, eine Ansammlung von wenigen Häusern, und nun sah Fabian auch zum ersten Mal Wallabys, und er hatte Glück: Aus einem Beutel schaute sogar wahrhaftig ein Köpfchen raus – ein toller Anblick! Und wie die springen konnten: total lässig.

Am Dorfausgang kamen unzählige knallbunte Papageien angeflogen und Kate und Chris hielten ihnen auf der flachen Hand Krümel hin. Die Vögel waren nicht nur zahm, sie waren regelrecht dreist: Sie setzten sich auf Kates Arme, Chris' Schultern und bei Tante Mary und Onkel Mike auf die Hände.

»Hier!« Onkel Mike reichte Chris eine alte Brotscheibe, und noch während der sie zerbröselte, stürmten Papageien auf ihn ein. Lachend versuchte er, sich der aufdringlichen Vögel zu erwehren, und hielt dann aber ganz still, als einer auf seinem Kopf landete. Nur gut, dass er eine Baseballkappe aufhatte.

Als sie weiterwanderten, wurde der Weg zu einem schmalen Pfad, und einige Zeit später erblickte Fabian die seltsamsten Bäume, die er jemals gesehen hatte: Grasbäume. Auf drei bis fünf Meter hohen, schlanken Stämmen saß jeweils ein riesiges Grasbüschel mit oft bis zu ein Meter langen Halmen, oder was immer das für lange Dinger waren, die ein bisschen wie Schilfrohr aussahen. Mitten aus dem Grasbüschel reckten sich manchmal hohe stachelartige Pfähle mit Schuppen, an denen hin und wieder Vögel pickten.

»Das sind Honeyeater«, sagte Onkel Mike leise. »Honigesser.«

Sie stiegen in tiefe Schluchten hinab, wo manchmal ein Bach murmelte oder ein kleiner Wasserfall über Felswände plätscherte. Plötzlich wurde die Stille durch einen Peitschenknall durchbrochen, der Fabian zusammenfahren ließ.

»A whip bird«, sagte Tante Mary und lächelte ihm zu. »But not dangerous.«

Beim nächsten Knall erschreckte er sich dann auch schon nicht mehr so doll, und danach freute er sich, wenn er wieder den Peitschenknall hörte, aber den Vogel bekam er nicht zu sehen.

Mittlerweile waren sie aus den tiefen Schluchten wieder aufwärtsgewandert und standen nun auf einem Höhenkamm, von wo aus man einen weiten Blick über Täler und niedrigere Hügel hatte. Mama, Tante Mary und Kate bewunderten die wilden Orchideen, aber Fabian sah nur irgendwelche gelben Blumen – nichts Besonderes. Dass Frauen sich immer über solche Sachen so aufregen mussten.

Die Sonne brannte heiß auf die Wandergruppe herunter, und alle atmeten erleichtert auf, als Onkel Mike sagte: »Hier rasten wir.«

Aus seinem Rucksack holte er Wasserflaschen und Sandwiches, und alle griffen zu, während sie immer wieder den Blick über diese besondere Landschaft schweifen ließen.

Mama war entzückt von den wilden Orchideen, die in großen Büschen am Wegrand blühten, und Tante Mary und Onkel Mike erzählten auf Deutsch und Australisch von den australischen Ureinwohnern, die sich früher in dieser Gegend hauptsächlich von den rohen oder gerösteten Kernen dieser Pinien ernährten und etwa alle drei Jahre ein großes Pinienkern-Fest gefeiert hatten, wozu sie andere Stämme einluden, die viele Hundert Kilometer weit weg wohnten. Bei diesen Festen fanden wichtige Zeremonien statt und Gesetze wurden erlassen. Doch nach dem Eindringen der Europäer wurde es für die Ureinwohner immer schwieriger, sich hier zu versammeln, und Ende des neunzehnten Jahrhunderts endete diese Tradition.

Fabian gähnte. Es war heiß und bestimmt hatten sie noch viele Stunden Marsch vor sich.

Chris stupste ihn leicht mit dem Ellenbogen in die Rippen und zeigte auf eine grüne Blattpflanze: »A stinging tree!«, flüsterte er geheimnisvoll. »You touch it…«, er verdrehte die Augen, »…and dead! Ganz tot!«

Fabian grinste. Der wollte sich bestimmt bloß wieder mit gefährlichen Dingern wichtigmachen. Er trat näher an die Pflanze heran. Die sah doch völlig harmlos aus. Er streckte die Hand aus – und wurde mit einem Ruck zurückgerissen und landete unsanft auf dem Po.

»Du meine Güte!«, japste Onkel Mike. »Das war knapp! Nicht berühren! Australien ist zwar das schönste Land der Welt – finden jedenfalls die Australier –, aber hier gibt es ein paar von den giftigsten Pflanzen und Tieren der ganzen Welt! Wenn du diese Blätter angefasst hättest, wären wir jetzt auf dem schnellsten Weg ins Krankenhaus!« Er holte tief Luft. »Na, ist ja noch mal gut gegangen.«

Auf dem Rückweg war Fabian sehr schweigsam. Portugiesische Galeeren, Würfelquallen, Steinfische, dann diese ekligen Zecken – und nun auch noch eine der gefährlichsten Pflanzen der Welt – boah, hier war das Leben wirklich ganz schön riskant!

Und dieser blöde Chris grinste schon wieder so fies in sich rein, weil es ihm gelungen war, seinen deutschen Cousin zu erschrecken.

Fabian knirschte mit den Zähnen.

Abends in der Hütte beteiligten sich alle beim Schnippeln für den Eintopf, und Fabian aß drei Teller von dem köstlichen Stew,

wie Tante Mary den Eintopf nannte. Und nicht mal, als Chris auf den großen Topf deutete und bedeutungsvoll »Kängurufleisch« sagte, verdarb ihm das den Appetit.

Müde und satt ging er mit Kate und Chris in das gemeinsame Schlafzimmer, zog sich rasch aus und den Schlafanzug an.

Er lag schon im Bett, als Chris plötzlich einen gellenden Schrei ausstieß und wie wild im Zimmer hin und her hopste.

»A tick!«, kreischte er. »A tick, Mum, help, a tick!«

Chris hatte einen Tick?

Na, garantiert.

Fabian sah zu, wie Tante Mary eilig hereingerannt kam, sich über Chris beugte, ihn dichter vor die Nachttischlampe zog und dann mit einer schnellen Bewegung etwas von seiner Haut riss – aha! Bestimmt eine Zecke!

Chris saß mit hängendem Kopf auf der Bettkante und starrte wütend zu Fabian rüber.

Fabian grinste.

»Ticks are very dangerous«, sagte er. »Wahnsinnig gefährlich. Genau wie der Steinfisch. Und der Stinging tree.«

Christ verzog den linken Mundwinkel – und – oh, das war ja auch ein Grinsen. Wenn auch erst mal ein kleines.

»Okay«, sagte Chris und schlüpfte unter seine Decke. »No dangerous animals from now on – okey dokey? Nix mehr gefährlich, ja?«

Ursel Scheffler

Die Maya-Prinzessin

Fernando war schon mit der Sonne aufgestanden und machte sich auf den Weg zur Arbeit. Er hatte seit einigen Tagen eine Anstellung bei der Stadtverwaltung von Merida, der Hauptstadt der Halbinsel Yucatán. Man hatte ihn dort zwar nicht als Bürgermeister eingestellt, sondern als Hilfsgärtner. Schließlich war er ein einfacher mexikanischer Campesino, ein Bauer vom Lande. Aber er war kein Halbblut, sondern ein echter Indio. Darauf war er stolz. Seine Vorfahren waren alle Maya-Indianer gewesen, die seit Jahrhunderten als Bauern auf der Halbinsel Yucatán in Mexiko ein bescheidenes Leben führten.

Fernando war als junger Mann wegen der hübschen Carmen in die Stadt gezogen, die er auf einem Dorffest kennengelernt hatte. Das war jetzt allerdings fünfzig Jahre her. Carmen war vor sieben Jahren an einer schweren Krankheit gestorben und Fernando schlug sich mehr schlecht als recht als Postkartenverkäufer und Gärtner durchs Leben.

Es schien ein Sommertag wie jeder andere zu werden. In den Cafés unter den Kolonnaden rückte man die Stühle für die Touristen zurecht. Fernando harkte die Wege unter den Lorbeerbäumen des Stadtparks. *Zocalo* nann-

ten die Einheimischen den grünen, quadratischen Platz zwischen Rathaus und Kathedrale.

»Touristen sind manchmal wirklich Ferkel«, knurrte Fernando, als er leere Dosen und Chipstüten vom Rasen fegte und die überquellenden Papierkörbe leerte.

Dann machte er eine kleine Pause und genehmigte sich einen *café con leche* in einer der kleinen Bars an der Calle 60. (Es ist eine Besonderheit von Merida, dass die Straßen keine Namen, sondern Nummern haben.)

Die Morgensonne schien auf seine kupferbraune Haut, als er wenig später die Arbeit wieder aufnahm. Ein Indiomädchen huschte an ihm vorbei. Sie trug ein Bündel auf dem Arm. Einen kurzen Augenblick lang sah sie ihn aus ihren dunklen, traurigen Augen an. Dann verschwand sie in der Kathedrale.

Als Fernando kurz darauf das Pflaster vor der Kirche fegte, hörte er ein leises Wimmern. Kein Zweifel, da weinte ein Kind! Er ging dem Geräusch nach und fand in der Nähe der Kirchentür ein Bündel mit einem Baby. Ein wenig ratlos hob er es auf und versuchte, das Kind zu beruhigen. Da er keine eigenen Kinder gehabt hatte, wusste er nicht recht, was er mit dem Baby anfangen sollte, und sah sich Hilfe suchend um. Eine ältere Frau in schwarzem Rock und einem bunten Schultertuch, die zu den Markthallen eilte, blieb kurz stehen.

»Das hab ich gefunden!«, stammelte Fernando und hielt ihr das Baby hin.

»Es ist nicht das erste ausgesetzte Baby in unserer Stadt«, seufzte die Frau.

»Das arme Kind. Wie kann eine Mutter das tun...«,

sagte Fernando, der sich mit seiner Frau Carmen ein Leben lang vergeblich ein Kind gewünscht hatte.

»Die Mutter wusste in ihrer Verzweiflung sicher keinen anderen Ausweg. Das arme Ding!«, sagte die Frau voller Verständnis. »Bestimmt ist der Vater auf und davon, und sie weiß nicht, wie sie das Kind ernähren soll.«

»Und was mach ich jetzt?«, fragte Fernando.

»Bring es rüber ins *ayuntamiento*, ins Rathaus. Da wird man Pflegeeltern für das arme Kind suchen!«, riet die Frau. »Leider hab ich selbst schon fünf Kinder. Sonst würde ich es glatt nehmen. Das arme Kind!« Dann nahm sie ihr buntes Schultertuch ab, das mit Goldfäden durchwirkt war, und sagte: »Leg es ihm um, es ist kühl heute.«

Das war jetzt zwölf Jahre her. Aus dem Findelkind war ein hübsches junges Mädchen geworden. Es hieß Juanita und lebte bei seinen Pflegeeltern in einem kleinen Dorf auf der Halbinsel Yucatán. Die Indiofamilie, die schon drei eigene Kinder besaß, hatte das Findelkind aufgenommen. Es waren entfernte Verwandte von Fernando.

Seit Juanita fünf Jahre alt war, kümmerte sie sich um die Schafe des Maya-Dorfes. Erst zusammen mit dem alten Schäfer Paco, einem Schulfreund von Fernando. Dann ganz allein.

Eines Morgens trieb Juanita ihre Schafe wieder einmal auf die Weide hinaus. Sie ging zu ihrem Lieblingsplatz am Waldrand. Da war es kühl und schattig, und ihre Schafe tranken gern das Wasser aus der *cenote*, der Felsenzisterne, aus der sich die Dorfbewohner schon seit alten

Zeiten Wasser holten. Viele Sagen rankten sich um den alten Brunnen. Es war eines der 3000 Kalksteinlöcher im Felsuntergrund der Halbinsel Yucatán.

Die Mayas verehrten diese Wasserlöcher als heilige Orte. Sie waren zum großen Teil durch ein geheimnisvolles unterirdisches System von Gängen und Höhlen miteinander verbunden. Wenn eine der Höhlendecken einstürzte, entstand so ein Brunnenloch. Die Ureinwohner von Yucatán glaubten daher, dass die Wasserlöcher der Eingang zur Unterwelt, zur Welt der Geister und Götter, seien.

Und dieses unterirdische Wassersystem war wirklich ein Göttergeschenk, denn ohne diese Wasservorräte hätten die Mayas gar nicht leben können, weil es keine oberirdischen Flüsse auf der Halbinsel gab. Wie hätten sie die heißen Sommer überleben oder die Maisäcker bewässern können ohne die *cenotes*?

So wurden die Wasserstellen als heilige Orte und Opferstellen verehrt und man fand in ihnen viele Opfergaben (auch Gebeine von Menschenopfern!).

Mittags, als die Sonne so hoch stand, dass die Bäume am Waldrand keine Schatten mehr warfen, nahm Juanita ihren Wasserkrug und die Maisfladen, die ihr die Pflegemutter mitgegeben hatte, und ging zu den geheimnisvollen grün bewachsenen Felsen im Wald.

Sie sollen einmal zu einem Maya-Palast gehört haben vor mehr als tausend Jahren. Unter dem Grün verbargen sich die Reste einer mächtigen Tempelpyramide, wie sie heute noch im Maya-Gebiet in großer Anzahl zu finden sind. Einige kann man besichtigen, viele sind noch vom

Dschungel überwuchert. Das hat Paco, der alte Schäfer, erzählt.

Paco stammte aus Tikal, wo eine der berühmtesten Tempelanlagen steht. Er kannte viele Geschichten. Jetzt lebte er leider nicht mehr. Aber ehe er starb, hat er Juanita versichert, dass er vom Himmel zu ihr heruntersehen und ab und zu eine Sternschnuppe oder einen Schmetterling mit Grüßen für sie vorbeischicken wollte.

Nach dem Essen legte sich Juanita ins Moos und träumte vor sich hin. Sie lächelte, als ein Schmetterling vorbeiflog und musste gleich wieder an Paco und seine Geschichten denken. Er hat ihr so viel von den alten Maya-Königen erzählt und Sagen und Legenden von den Indianergöttern. Vom Bienengott, vom Maisgott, von der Regenbogengöttin, vom Windgott Kukulcan oder Quetzalcóatl, der als gefiederte Schlange dargestellt wurde und vom Regengott Chac, dessen Gesicht mit der Rüsselnase auf einem der verwitterten Steine der alten Tempelpyramide zu erkennen war. Wenn die Wolken so tief hingen wie jetzt, dann schien es, als führten die grün bemoosten Stufen bis in den Himmel hinauf.

Als Paco noch lebte, hat Juanita oft mit dem alten Hirten unter dem *ceiba*, dem mächtigen Kapok-Baum, gesessen, den die Maya-Indianer *wakah-chan* nennen, was so viel wie »aufgerichteter Himmel« bedeutet. Die Mayas verehren ihn als Weltenbaum, weil sie denken, dass der mächtige Baum durch Wurzeln, Stamm und Krone die Unterwelt mit den Göttern im Himmel verbindet.

Paco hat Juanita unter dem heiligen Baum auch die Geschichten von König Jaguartatze und seinem Bruder Rauch-Frosch und ihrem Nachfolger König Schnute erzählt, die zwar lustige Namen hatten, aber grausame Kriege führten. Genau wie der Maya-König Ah Caucau, was so viel wie König Schokolade heißt. Der hatte zwar einen leckeren Namen, überfiel aber König Jaguartatze und opferte diesen bei der Weihe eines Tempels den Göttern.

»Das geschah am 8. 8. 695, so steht es auf einer Steintafel beim Tempel von Tikal«, hatte Paco berichtet. Dieses Datum hat sich Juanita genau gemerkt, weil sie am 8. 8. 1995, also genau 1300 Jahre später, am Eingang der Kathedrale von Merida von Fernando gefunden worden war.

Am besten gefiel ihr der Name von König Achtzehn-Kaninchen, der die berühmte Hieroglyphentreppe von Copán bauen ließ. Er hieß so, weil ihm der Kaninchen-Gott achtzehnmal erschienen war.

Der alte Schäfer Paco hat Juanita die Maya-Geschichte in spannenden Geschichten erzählt. Jeden Tag eine andere. Er berichtete aber nicht nur von den Kriegen der Könige, sondern auch von ihrem prunkvollen Hofstaat, von kostbaren Jadesteinen und Goldschätzen, von prächtigen Federgewändern, von Prinzen und Prinzessinnen, Festen und Feiern. Er schilderte es in solch lebendigen Bildern, dass man dachte, er sei dabei gewesen, als alles passierte.

Den Geschichtenkönig haben sie Paco deshalb im Dorf genannt und den *Ceiba*-Baum den Königsbaum.

Juanita stellte sich den alten Paco mit einer Krone vor.

Als Maya-König. Mit seinen weißen Haaren und seiner großen, kräftigen Gestalt hätten sicher alle großen Respekt vor ihm gehabt. Genau wie die Schafe. Sie folgten ihm immer aufs Wort. Auch die störrischen Böcke. Juanita dagegen musste sich auf die Hilfe der Hirtenhunde verlassen, um die Herde zusammenzuhalten.

Es war Mittagszeit. Die Sonne brannte heiß herunter. Juanita trieb die Schafe jetzt in den Waldschatten. Akumal, der freche Hammel, machte sich wieder einmal selbstständig! Er kletterte ein paar Stufen auf die verfallene Maya-Pyramide hinauf und suchte im Moos nach Beeren und Kräutern. Nun, weit wird er nicht kommen, dachte Juanita, die Stufen sind ziemlich steil. Sie breitete ihren Hirtenumhang aus und legte sich ins Gras.

Akumals brauner Rücken war noch deutlich zu erkennen.

Juanita stellte sich vor, dass Akumal ein Pferd wäre, mit einem Ritter drauf. Einem Maya-Prinzen vielleicht? Und dass sie eine echte Maya-Prinzessin wäre …

Sie schloss die Augen.

Wie es wohl gewesen wäre, wenn sie früher gelebt hätte, als die Mayastämme noch groß und ihre Könige und Priester reich und mächtig waren?

Paco hatte sie immer »meine Maya-Prinzessin« genannt. Denn niemand konnte ihr genau sagen, woher sie kam und warum und von wem sie vor zwölf Jahren als Baby vor der Kirche in *Merida* in einem Bündel abgelegt worden war. Das Tuch, in dem sie gefunden wurde, war mit Goldfäden durchwirkt. Onkel Fernando hat es für sie aufbewahrt. Vielleicht war sie wirklich eine Prinzessin?

»Du bist vom Himmel gefallen wie eine Sternschnuppe«, sagte Fernando einmal, als sie ihn fragte. »Du bist etwas ganz Besonderes!«

Während Juanita so vor sich hin träumte, begannen die Steine um sie herum, ihre Moosmäntel abzuwerfen. Fenster warfen ihre Efeuvorhänge ab und wurden in der Palastwand sichtbar. Die hohen Palasttreppen bekamen wieder ihre Konturen. Sie hörte Musik und Stimmen. Und dann kam eine feierliche Prozession von prächtig gekleideten Maya-Priestern aus dem kleinen Steintempel auf der Palastpyramide die Treppe herunter. Der alte Priester, der vorweg ging, wurde von Baldachinträgern vor den Sonnenstrahlen geschützt. Sie waren mit bunten Federumhängen geschmückt. Es war haargenau so, wie es Paco immer geschildert hatte.

Im Wald hinter Juanita raschelte es. Ein junger Mann auf einem Pferd mit glänzend braunem Fell kam durch das Unterholz angeritten. Sein kostbarer Federschmuck verriet ihr, dass es ein besonderer junger Mann war! Er hielt sein Pferd am Fuß der Treppe an.

Die Priester gingen auf ihn zu, als hätten sie ihn erwartet.

»Du sollst unser neuer König sein!«, sagte der Älteste von ihnen in der Aztekensprache, die jetzt fast nur noch die alten Leute verstehen.

»Jetzt brauche ich nur noch eine Prinzessin!«, sagte der Maya-Prinz und sah sich suchend um.

Hoffentlich sieht er mich nicht – in meinen zerrissenen Kleidern, dachte Juanita erschrocken. Aber die Sorge musste sie nicht haben, denn als sie an sich herunterblickte, bemerkte sie, dass sie plötzlich ein Kleid aus fein gewirktem Stoff anhatte, durch den sich schimmernde Goldfäden zogen.

»Da ist sie ja, meine Prinzessin!«, rief der Maya-Prinz und lief auf Juanita zu.

Juanita sprang auf und wollte weglaufen, aber sie konnte nicht. Wie angewurzelt stand sie da…

Plötzlich spürte Juanita eine feuchte Schnauze an ihrer Nase. Sie erwachte, so wie Dornröschen von einem Kuss aufgewacht war. Leider war es nicht ein Maya-Prinz, der sie da geküsst hatte, sondern Akumal, der Hammel, der sie mit seiner feuchten Nase anstupste, um sie an ihre Hütepflichten zu erinnern.

Juanita seufzte. Das dumme Schaf! Sie stand auf und beschloss, ihren Traum am nächsten Tag an der gleichen Stelle weiterzuträumen.

Christa-Maria Zimmermann

Ein Papagei für Pablo

Sevilla, 1502: Pablo saß auf einer Stufe vor der Kathedrale. Dieser Platz gefiel ihm fast genauso gut wie die Brüstung des Hafenkrans, wo er am liebsten war.

Die Stufen der Kathedrale waren der Mittelpunkt von Sevilla. Hier warteten Matrosen, Zimmerleute, Kalfaterer, Bordschützen und Schiffsjungen auf Anstellung. Schiffseigentümer und Kapitäne stiegen hinauf und hinab, musterten die Männer und suchten sich die aus, die ihnen geeignet schienen. Seeleute, die erst kürzlich an Land gekommen waren, saßen mit Freunden zusammen und erzählten von ihrer letzten Reise. Passagiere erkundigten sich nach Abfahrtszeit und Ziel der Schiffe und nach den Kosten für einen Platz an Bord. Kaufleute suchten die günstigste Beförderung für ihre Waren.

Priester, Nonnen und Kirchgänger gingen zu den Messen und Andachten, umschwirrt von Steinmetzen, Malern und Bildhauern, denn die Kathedrale war immer noch nicht ganz fertig, obwohl schon seit hundert Jahren an ihr gebaut wurde – aber dafür war sie auch eine der größten und schönsten der gesamten Christenheit. Krüppel, Lahme, Blinde und Bettler kauerten vor den Portalen. In den Bogengängen um den Kathedralenplatz hatten Schreiber ihre Pulte aufgestellt und verfertigten Kontrakte für Fracht, Passagen und Heuer, die dann in den Büros der Notare unterschrieben wurden.

Pablo beobachtete durch halb geschlossene Lider einen Mann, der eine Stufe unter ihm saß. Eigentlich war es kein Mann, sondern ein Herr. Das sah man an den Kleidern aus feinen Stoffen und an der pelzverbrämten Kappe, die er achtlos neben sich gelegt hatte. Außerdem hielt er ein kleines Buch in der Hand, in dem er ab und zu eine Seite umblätterte. Nur Reiche konnten sich Bücher leisten.

Aber er schien nicht wirklich zu lesen, sondern die Leute zu beobachten. Denn immer, wenn jemand eilig die Stufen herauflief, streckte er blitzschnell ein Bein vor, sodass der Eilige darüberstolperte, und rief laut: »Au! Auweh!« Dann entschuldigte sich der Stolpernde mit vielen Worten, und der Herr rief erfreut: »Nein, wie schön! Ein Landsmann!« Darauf unterhielten sich die beiden eine Weile und tauschten Neuigkeiten aus. Und nachdem sie sich verabschiedet hatten, ging das Spiel von Neuem los.

Was Pablo am meisten verwunderte, war der ständige Wechsel der Sprachen und Dialekte. Denn ganz gleich, ob der Stolpernde aus Kastilien oder Aragon oder Andalusien kam oder sogar aus Mallorca oder Genua – Pablo hatte von seinem großen Bruder Miguel ein paar Brocken von diesen Sprachen gelernt –, der Herr redete immer so flüssig mit ihm, als ob er sich in seiner Muttersprache unterhalten würde.

Eine volle Stunde lang ging das so. Dann näherten sich zwei Schwarze in langen, bunten Gewändern dem Fuß der Treppe. Niemand drehte sich nach ihnen um. Skla-

ven aus Afrika waren eine Zeit lang außergewöhnlich gewesen, aber inzwischen hatte jeder, der seinen Reichtum beweisen wollte, einen schwarzen Diener.

Pablo kannte die beiden. Der eine gehörte einem dicken Kaufmann, der andere einem Grafen, der ein Stadtschloss in Sevilla hatte. Sie begrüßten sich, blieben stehen und sprachen miteinander. Der Herr sprang die Stufen hinunter und stellte sich neben die beiden, wobei er das Buch in einen Beutel am Gürtel schob. Seine Kappe ließ er liegen. Die Schwarzen blickten ihn verwundert an. Er verneigte sich und schien mit vielen Gesten etwas zu erklären.

Pablo wäre ihm gerne gefolgt und hätte zugehört. Aber in diesem Augenblick merkte er, dass ein kleines Mädchen unauffällig auf die Kappe zurutschte. Füße, Hände und Gesicht starrten vor Schmutz. Ihre Kleidung bestand aus Lumpen. Die schwarzen Haare hatten bestimmt seit Monaten weder Kamm noch Wasser gesehen. Die Kleine schob sich immer näher und breitete schon ihre durchlöcherte Schürze über die Kappe, als Pablos Hand nach vorne schoss und beide festhielt.

»Weißt du nicht, dass Diebe ausgepeitscht werden?«, fragte er streng.

Das Mädchen fuhr zusammen wie unter einem Schlag und starrte ihn einen Moment fassungslos an. Dann sprang sie auf und verschwand im Gewimmel der Menschen auf den Treppen. Ein Teil der Schürze blieb in Pablos Hand zurück – und die Kappe. Er lief zu dem Eigentümer hinunter und schwenkte sie.

»Señor! Ich habe sie! Beinahe wäre sie gestohlen worden.«

Der Herr drehte sich um.

»Bin ich nicht ein Schwachkopf? Das sieht mir ähnlich. Aber wenn ich Ausländer sehe, vergesse ich alles andere.« Er lachte, fischte ein paar Münzen aus der Tasche und drückte sie Pablo in die Hand. »Vielen Dank, Junge! Um die Kappe hätte es mir leidgetan.«

Er setzte sie auf und wandte sich wieder den beiden Sklaven zu.

Pablo betrachtete die Münzen und schnaufte überrascht. Ob die Kappe wirklich so wertvoll war? Oder war der Herr einfach sehr großzügig? Jedenfalls konnte man jetzt nicht einfach weggehen, für so viel Geld musste man sich richtig bedanken. Er wartete in einigem Abstand, bis die drei ihre Unterhaltung beendet hatten. Aber er hatte kaum ein paar Worte gesprochen, als der Herr ihn unterbrach.

»Schon gut, Junge, nichts zu danken. Ich hab heute meinen spendablen Tag.« Er lachte wieder. »Darf ich dich auf einen Schluck einladen? Da drüben steht ein Weinverkäufer.«

»Mich? Ich … oh ja! Gerne!«

Gab es das also doch: einen vornehmen Herrn, der freundlich war? Er gefiel Pablo immer besser.

Sie legten den Kopf in den Nacken, als sie vor dem Verkäufer standen, erst der Herr, dann Pablo. Der Mann hob den Schlauch und ließ ihnen geschickt den Wein in den offenen Mund spritzen. Der Herr zahlte und sie gingen zusammen weiter.

»Wie heißt du?«

»Pablo Alvarez.«

»Du hast mich beobachtet, Pablo, nicht wahr?«

Der Junge nickte überrascht. Wieso hatte der Herr das gemerkt? Er hatte doch gar nicht in seine Richtung geschaut.

»Und du hast dir mein Verhalten nicht erklären können, stimmt's?«

Pablo nickte wieder.

»Ich liebe Sprachen, musst du wissen. Und ich übe meine Zunge, wo ich nur kann. Wenn jeder mich für seinen Landsmann hält, dann bin ich zufrieden.«

Pablo merkte auf einmal, dass der Herr mit ihm in dem weichen Singsang sprach, der typisch für den Dialekt von Sevilla war. »Ja – aber – die Schwarzen?«

»Bei denen kann ich natürlich nicht den Landsmann spielen, da hast du recht. Dafür spreche ich auch noch lange nicht gut genug. Aber ich mache Fortschritte. Sieh mal, da drüben gibt es gegrillte Hähnchenteile. Magst du ein Stück?«

Pablo zögerte. Geflügel war teuer, genau wie Fleisch und Edelfisch. »Meine Mutter sagt immer, das ist nichts für arme Leute.«

»Ab und zu muss man sich auch mal etwas leisten. Komm, wir holen uns einen Schenkel. Heute früh hab ich nämlich meine Pferde verkauft und angeheuert und jetzt hab ich die Taschen voller Geld.«

Angeheuert? Also ein Seemann? Pablo betrachtete ihn verblüfft. Er hatte sich eingebildet, dass er jeden Matrosen sofort erkennen würde. Aber ein einfacher Seemann war das nicht, dafür hätte Pablo alle Münzen der Welt verwettet.

»Angeheuert?«, wiederholte er fragend.

»Als Dolmetscher auf der *Capitana*. Kennst du die?«

Pablos Verblüffung wuchs. Die *Capitana* war seit Wochen Stadtgespräch in Sevilla samt ihren Schwestern *Gallega, Santiago de Palos* und *Vizcaina*, denn mit diesen vier Schiffen wollte der Admiral Columbus eine neue Entdeckungsfahrt unternehmen.

»Mit dem Admiral Colón wollt Ihr fahren, Señor? Aber er hat bloß vier jämmerliche Karavellen. Die Flotte von Gouverneur Ovando hättet Ihr sehen müssen! Ganz Sevilla hat auf der Stadtmauer gestanden, als sie abgefahren ist. So viele Segel auf einmal könnt Ihr Euch gar nicht vorstellen.«

»Darauf kommt es doch nicht an! Karavellen sind die besten Schiffe für Entdeckungsfahrten, klein und wendig und so flach, dass sie auch an Stränden entlangsegeln können. Oder in Flüsse hinein. Ich fahre schon seit vielen Jahren zur See, ich weiß, wovon ich spreche.«

»Das sagt Miguel auch. Das ist mein großer Bruder. Momentan ist er in Antwerpen, aber wenn er zurückkommt, sucht er sich eine neue Heuer und nimmt mich mit. Ich bin nämlich schon mal bis zum Kap Trafalgar gefahren und der Kapitän war sehr zufrieden mit mir.«

»Eine neue Heuer?« Der Herr reichte Pablo einen brutzelnden Hühnerschenkel. »Wäre denn die *Capitana* nichts für euch? Die sucht noch Matrosen.«

»Die *Capitana*? Ausgeschlossen. Ich werde doch erst dreizehn. Miguel nimmt mich bloß bis zur Algarve mit. Indien findet er viel zu gefährlich für mich. Und allein würde er auch nicht beim Admiral anheuern, glaube ich. Er will ja nicht mal nach Española*. Da gibt es nämlich echte Wilde, die fressen Men-

* Heute Haiti.

schenfleisch. Und das Gold liegt gar nicht so einfach herum, dass man es bloß aufzuheben braucht. Und viele Leute sind da krank geworden und sogar gestorben.«

Der Herr lächelte ein bisschen spöttisch. »Und hier bleiben die Leute immer gesund und leben ewig?«

Pablo pustete auf das dampfende Fleisch. »Nein, natürlich nicht. Aber viele sagen, dass der Admiral Colón das Paradies entdecken will, das Paradies aus der Bibel. Aber vor den Paradiespforten steht doch der Engel mit dem Flammenschwert und dann fangen die Schiffe bestimmt Feuer und verbrennen.«

»Du musst nicht alles glauben, was die Leute erzählen. Die Majestäten haben dem Admiral aufgetragen, dass er noch weiter nach Westen segeln soll als bisher. Sie hoffen, dass er dort neue Inseln und Länder findet, in denen es Gold und Silber und Edelsteine und Gewürze gibt. Du hast doch sicher schon von Marco Polo gehört und seinem Bericht über seine Asienreise, nicht?«

Pablo zog gerade mit den Zähnen die knusprige Haut des Hühnerbeins ab und nickte nur. Die Gäste im *Celler*, der Weinschenke seines Vaters, und die Matrosen auf den Stufen der Kathedrale redeten häufig darüber.

»Marco Polo hat die Hauptstädte der Herrscher von Cathay und Cipango beschrieben. Dort sind die Schindeln auf den Dächern aus purem Gold und Stühle und Tische mit Edelsteinen besetzt. Der Seeweg zu diesen Reichen ist bis heute noch nicht entdeckt worden. Ihn soll der Admiral Colón suchen.«

Pablo schluckte die Haut hinunter. »Und Ihr meint, er wird ihn finden?«

»Wenn es ihn gibt, so wird er ihn finden, da bin ich sicher.« Der Herr nickte so entschieden, dass seine Kappe wippte. »Und noch sicherer bin ich, dass er neue Reichtümer entdecken wird, wenn man ihm Zeit lässt, danach zu suchen. Auf den ersten drei Reisen ist er immer nur kurz an einem Ort geblieben. Aber die Expeditionen auf seinen Spuren, die seine Seekarten benutzt haben, die sind, beladen mit Schätzen, zurückgekommen.«

»Und mit Sklaven«, sagte Pablo undeutlich, den Mund voller Fleisch.

»Das war nur am Anfang so. Inzwischen hat die Königin den Sklavenhandel mit Indianern streng verboten. Ich hab noch einen von den ersten Sklaven gekannt und versucht, seine Sprache zu lernen.« Der Herr seufzte. »Aber er ist bald gestorben, so wie die meisten anderen auch. Ich weiß nicht, ob der spanische Winter der Grund war oder das Heimweh.«

»Aber wir sterben doch auch nicht am Winter.« Pablo nagte den Knochen sauber.

»Wir sind daran gewöhnt. Aber auf den indischen Inseln* kennt man keine Kälte und keinen Schnee. Da ist immer Sommer. Aber nicht so wie bei uns, wo einen die Hitze fast umbringt und wo man kaum atmen kann vor Staub. Da ist die Sonne freundlich, milde Winde wehen, alles ist saftig und grün und die Luft so klar wie Quellwasser. Die Bäume tragen Blüte und Frucht gleichzeitig, mehrmals im Jahr kann man Früchte und Körner ernten, die es hier nicht gibt ... Ich träume von einer

* Columbus hielt seine Entdeckung für Indien.

Reise nach Indien, seit ich zum ersten Mal davon gehört habe. Und jetzt wird dieser Traum in Erfüllung gehen.« Auf einmal verdüsterte sich sein strahlendes Gesicht. »Ich hoffe bloß, meine Sprachkenntnisse reichen aus.«

»Ich kenne einen Indianer.« Pablo gab seinen Knochen einer hungrigen, rot-weiß gefleckten Katze, die um seine Beine strich. Er mochte Tiere – und alle Tiere mochten ihn. »Er ist Türsteher beim Grafen von Osuna. Wenn Ihr wollt, führe ich Euch hin. Er trägt eine Krone aus Federn und Gewänder aus bunter Seide.«

Aber als sie das Stadtschloss des Grafen erreicht hatten, stand dort ein spanischer Lakai. Auf die Frage nach dem Indianer fing er sofort an zu schimpfen. »Jedes Geldstück für die Braunhäute war rausgeschmissenes Geld, das habe ich gleich gesagt. Sie halten einfach nichts aus, das wissen wir doch schon seit Jahren. Überall sind sie eingegangen wie die Fliegen. Und arbeiten können sie überhaupt nicht. Ist ja auch kein Wunder, denn sie essen nicht vernünftig, weder Speck noch Stockfisch noch Kohl und Rüben. Sie ekeln sich davor. Nicht mal Milch wollen sie trinken. Saft aus dem Kuheuter ist das für sie, ein widerliches Gesöff und nur für Kälber geeignet. Jedenfalls hat's mir unser voriger Indianer so erklärt. Der hat wenigstens ein paar Brocken Spanisch gekonnt. Unser jetziger macht den Mund überhaupt nicht auf. Der redet bloß mit seinem bunten Federvieh. Und das krächzt dann zurück, dass man Angst kriegen kann. Aber bald hat es sich ausgekrächzt, glaube ich. Die beiden tun's nicht mehr lang.«

Weil die gräfliche Familie und ein Großteil der Dienerschaft nicht in Sevilla waren, erlaubte der Türsteher den beiden Besuchern gnädig, mit dem kranken Indianer zu sprechen. Er lag in seinem jämmerlichen Quartier hinter den Ställen, zitterte unter mehreren Lagen von Stroh und Wolldecken und hob kaum den Blick, als sie eintraten. Zu seinen Füßen hockte reglos ein Papagei auf einer Stange, die kleinen runden Augen starr gegen die Fensterluke gerichtet. Sein Gefieder war gesträubt, wie gegen den Strich gebürstet, das leuchtende Rot und Blau und Grün wirkte blass im dämmerigen Licht.

Der Herr begann zu sprechen, langsam, tastend. Pablo verstand nur zwei Worte: Diego Méndez. Das war bestimmt sein Name.

Der Indianer öffnete die Augen weit, dann richtete er sich mühsam auf. Seine Haut war nicht braun, sondern grau, sein Körper so mager, dass die Knochen zu sehen waren. Die starre Unbeweglichkeit fiel von seinen Zügen wie eine herabrutschende Maske. Er begann zu lächeln, erst mit den Mundwinkeln, dann mit den Augen und dem ganzen Gesicht. Er öffnete die Lippen, und kehlige Worte strömten aus seinem Mund. Sie kamen Pablo vor wie ein unverständliches Lied, in dem sich die Konsonanten aneinanderdrängten, nur selten unterbrochen von langen Vokalen.

Auch der Papagei wurde lebendig, als er die Stimme seines Herrn hörte. Er glättete sein Gefieder mit dem krummen Schnabel und stieß sonderbare, knarrende Laute aus. Pablo versuchte leise, sie nachzuahmen. Der Vogel drehte den Kopf hin und her und beäugte ihn. Seine Augen wirkten jetzt nicht mehr glasig wie bei einem toten Fisch, sondern blank.

»Knarrpp, knarrpp!«, machte er.

»Knarrpp, knarrpp!«, wiederholte Pablo.

Diego Méndez und der Indianer ließen sich davon nicht stören. Sie redeten weiter, der eine stockend, der andere schnell, als ob seit Langem aufgestaute Sätze aus ihm herausbrächen. Sie schienen einander zu verstehen.

»Knarrpp, knarrpp, knaaarrpp«, sang Pablo leise, erst ein hoher Ton, dann ein tiefer, dann lang gezogen.

Der Papagei legte den Kopf schief, kletterte seine Stange hinunter und hüpfte auf den Jungen zu. Der stand ganz still.

Der Papagei machte noch einen Hüpfer. Er war jetzt dicht vor Pablo.

»Knarrpp, knarrpp, knaaarrpp«, sang der Junge wieder.

Der Vogel schlug mit den Flügeln – und ließ sich auf Pablos Schulter nieder. Pablo spürte die Krallen auf seiner Haut, aber er zuckte nicht. Er schielte zur Seite, ohne den Kopf zu drehen. Die Krallen waren lang und gebogen, deutlich größer und dicker als bei einem Hahn oder Habicht. Der Vogel kollerte leise vor sich hin, wie ein blubbernder Wasserkessel.

»Knarrpp, knarrpp, knaaarrpp!« Pablo versuchte eine andere Tonfolge.

Der Papagei beugte den Kopf vor und knabberte an Pablos Ohrläppchen. Der Junge musste kichern. Der Indianer unterbrach seine drängenden Worte und sah die beiden erstaunt an.

»Er ist sehr schön!«, sagte Pablo.

Der Indianer nickte traurig. »Ja, das stimmt.« Er konnte also doch ein bisschen Spanisch.

»Wie heißt er?«, fragte der Junge.

»Loro.« Es klang wie ein Lockruf.

»Loro«, wiederholte Pablo. »Schöner Loro, guter Loro.«

»Loro«, knarzte der Papagei. »Loro.« Zumindest klang es so ähnlich.

Der Indianer betrachtete die beiden eine Zeit lang, dann sprach er wieder zu Diego Méndez.

»Er will dir den Papagei schenken, Junge.«

»Mir schenken? Wirklich? Aber warum? Ein Papagei ist doch teuer, er würde bestimmt viel Geld für ihn kriegen.«

»Er will kein Geld. Er wird bald sterben. Er weiß, dass du für seinen Loro sorgen wirst.«

»Ganz bestimmt! Das tu ich sehr gerne«, sagte Pablo begeistert. »Was frisst er denn?«

»Mahiz.« Der Indianer zeigte auf einen Sack in der Ecke der Kammer.

Pablo öffnete ihn, den Papagei noch immer auf der Schulter. Dicke gelbe Körner schimmerten im dämmrigen Licht. Der Junge blickte Señor Méndez fragend an.

»Das ist Mais. Der Admiral Colón hat die Pflanze von seiner ersten Reise mitgebracht und sie wird schon an vielen Orten in Andalusien angebaut. Du kannst ihn dir ohne Schwierigkeiten besorgen. Vorläufig hast du genug mit diesem Sack. Ein Papagei frisst nicht viel.«

Der Indianer wandte sich wieder an den Mann, der ihn verstand. Er schien ihm Anweisungen zu geben. Diego Méndez brachte ihm die Federkrone, die an einem Nagel an der Wand hing, und reichte ihm sein Messer. Der Kranke zog eine lange Feder aus der Krone. Sie schillerte in einem intensiven metallischen Blau. Mit dem Messer schnitt der

Indianer sich eine Strähne seiner hüftlangen schwarzen Haare ab, flocht sie zu einem Zopf, schnürte damit die Feder zu einem Kreis und reichte ihn Diego Méndez. Der nahm das Gebilde und schob es behutsam in eine Brusttasche.

»Es soll alles geschehen, wie du es willst«, sagte er feierlich, als ob er einen Schwur spräche, und wiederholte die Worte in der fremden Sprache.

Der Indianer legte langsam seine Hand auf Diego Méndez' Arm. »Du guter Mann!« Dann sah er Pablo an. »Du guter Junge!«

Er legte sich zurück, zog die Decke bis zum Kinn hoch und schloss die Augen. Sein Gesicht nahm wieder die steinerne Unbeweglichkeit an.

Die beiden standen noch einige Augenblicke an dem ärmlichen Lager, dann gingen sie hinaus, Pablo mit dem Papagei auf der Schulter und dem Maissack auf der Hüfte.

»Er liegt im Sterben«, erklärte Diego Méndez dem Türsteher.

Der nickte gleichmütig. »Hab ich mir gedacht. Er hat schon tagelang nichts mehr gegessen. Hoffentlich wird der Herr Graf jetzt endlich vernünftig und lässt die Finger von dem nutzlosen Indianerpack.«

Sein Blick fiel auf Pablo, den der breite Rücken von Señor Méndez bisher verdeckt hatte. »He, Junge, was soll das heißen? Bild dir nicht ein, dass du den Papagei abschleppen kannst! Der ist sein Stück Geld wert und das will ich mir verdienen!« Er streckte die Hand nach dem Vogel aus und riss sie mit einem Aufschrei zurück. Aus seinem Zeigefinger lief Blut. »Du bissiger Teufel! Ich dreh dir den Hals um.«

»Stillgestanden!«, kommandierte Señor Méndez.

Der Türsteher nahm unwillkürlich Haltung an.

»Der Papagei ist ein Geschenk an den Jungen. Ich bin Diego Méndez de Segura und ich bin Zeuge. Also lass uns vorbei. Und kümmere dich um das Begräbnis.«

»Begräbnis? Dass ich nicht lache! Der Kerl wird irgendwo verscharrt«, höhnte der Türsteher hinter ihnen her. »Ein Begräbnis ist was für ehrliche Christen und nicht für gottlose Heiden.«

Die beiden beachteten ihn nicht. Eine Zeit lang gingen sie schweigend nebeneinanderher.

»Er stammt aus Española. Er ist sehr unglücklich hier«, sagte Diego Méndez schließlich leise. »Er ist froh, dass er stirbt. Er hat sich nur am Leben gehalten, weil er auf einen Boten gewartet hat, der seine Feder und seine Haarsträhne in die Heimat bringt. Das habe ich ihm versprochen. Er heißt Mantamaguari.«

»Aber warum ist er unglücklich hier? Sevilla ist doch eine schöne Stadt.«

»Das findet er nicht. Er sagt, unsere Häuser stinken nach ranzigem Fett, unsere Gassen nach Kot und alle Menschen nach Schweiß. Er hat noch nie so viel Schmutz und Gestank erlebt. In seiner Heimat erfrischt man sich mehrmals täglich in Bächen, Flüssen und Wasserfällen, hier badet man fast nie und trägt stinkende Kleider. Er glaubt, dass die Spanier nicht nackt gehen, weil sie alle Missbildungen haben, die sie unter Stoffen verstecken müssen.«

»Aber Baden ist gefährlich!«, sagte Pablo überzeugt. »Die Haut wird davon immer dünner. Und man kann doch nicht ohne Kleider gehen! Das ist – das ist einfach

unvorstellbar! Schamlos! Man würde in die Hölle kommen, denn es ist eine schwere Sünde.«

»Das hat ihm der Priester auch gesagt. Er wollte ihn in der christlichen Lehre unterrichten. Aber Mantamaguari hat sie nicht verstanden. Wenn Gott nach der Schöpfung sah, dass alles gut war, warum konnte dann durch die guten Früchte eines guten Baumes Schuld in die Welt kommen? Warum war die Schlange böse? Auf seiner Insel sind die Schlangen nicht böse. Und sie fressen auch keine Früchte. Niemand hat je eine Schlange mit einem Apfel im Maul gesehen.«

»Aber das ist doch…«, fing Pablo an, aber Diego Méndez winkte ab.

»Ich wiederhole ja nur, was er gesagt hat. Der Priester hat ihm die Kirchen gezeigt. Aber in Mantamaguaris Augen sind sie Orte der Strafe und Abschreckung, weil sich vor den Portalen die Krüppel und Lahmen und Bettler drängen. Weißt du, dass der heilige Franziskus sich ähnliche Gedanken gemacht hat? Wie können all diese geputzten Herrschaften auf ihren Pferden und in ihren Sänften den ständigen Anblick von Elend und Lumpen, von schwärenden Wunden, von verstümmelten Gliedern aushalten, ohne Scham und Reue zu empfinden, hat er gefragt.«

Pablo sah ihn unsicher an. »Aber wenn es keine Armen mehr gibt, dann können doch die Reichen keine guten Werke tun.«

»Das stimmt. Aber jetzt stell dir ein Land vor, wo es weder Reiche noch Arme gibt, sondern alle Leute gerade so viel besitzen, dass sie davon leben können.«

Pablo betrachtete den Palast, an dem sie gerade vorbeigingen. Den gäbe es also nicht, sondern alle Menschen wohnten in den gleichen Häusern. Die vierspännige Kutsche, die ihnen entgegenkam, gäbe es auch nicht, sondern jeder hätte nur ein Pferd. Oder vielleicht auch nur einen Esel. Die feinen Herrn auf der Treppe des Palastes trügen weder Samt und Seide noch Barette mit Federn und Stiefel mit Goldsporen. Und die Dame in der Sänfte dort drüben wäre gekleidet wie seine Stiefmutter.

Er schüttelte energisch den Kopf. »Das kann ich nicht. Mir das vorstellen, meine ich. Das gibt es nicht.«

»Ich gebe zu, es klingt sehr unwahrscheinlich. Wie... ja, wie eine Art Paradies, von dem man nur träumen kann. Aber vielleicht ist es doch kein Traum. Und vielleicht werde ich dieses Land sehen. Ist das nicht wunderbar? Wenn ich daran denke, dass...«

»Ich traue meinen Augen nicht! Diego Méndez! Seit wann bist du in Sevilla?«, rief ein Mann auf der anderen Straßenseite.

Señor Méndez schwenkte seine Kappe. »Sei mir gegrüßt, mein Freund! Leb wohl, Pablo. Ich hoffe, wir sehen uns noch, bevor die *Capitana* segelt. Ich werde jeden Vormittag auf den Stufen der Kathedrale sein.«

»Adios, Señor! Ich komme bestimmt!«

Der Junge sah den beiden Herren nach, die, lebhaft miteinander redend, um die Straßenecke bogen. Seit Miguel auf See war, hatte niemand mehr so mit ihm gesprochen wie dieser Señor Méndez – so als ob er sich wirklich für ihn und seine Gedanken interessieren würde.

Und noch nie hatte ihn jemand gefragt,

ob er sich ein Land vorstellen könnte ohne Arme und Reiche. Oder hatte ihm von den Gedanken des heiligen Franziskus erzählt – sehr beunruhigenden Gedanken übrigens. »Wie können all diese geputzten Herrschaften auf ihren Pferden und in ihren Sänften den ständigen Anblick von Elend und Lumpen, von schwärenden Wunden, von verstümmelten Gliedern aushalten, ohne Scham und Reue zu empfinden?«

Diesen Satz würde er sich merken.

aus: Christa-Maria Zimmermann, Das Gold des Columbus, © 2006 cbj Verlag, München

Hilke Rosenboom

7 Level bis Shukunegi

Level 1

Es war wie in einem Jump-'n'-run-Spiel, wo du harmlos herumrast und auf einmal ein Bonusstern für dich erscheint. Zuerst weißt du nicht, wofür er ist, und es dauert eine Weile, bis du es herausbekommst. So war es bei mir. Nur dass es kein Spiel war.

Im Winter gab es bei uns nicht so viele Orte, an denen du rumhängen konntest. Draußen jedenfalls nicht. Draußen war es zu nass. Bei uns regnete es eigentlich immer. Mein Lehrer in der Achten hatte mir zu der Zeit einen Comic aus Amerika mitgebracht, damit ich überhaupt mal was las. In dem Comic gab es einen Detektiv, und der Regen hatte auch einen Namen, der Regen hieß Sprizz. Es war ein strichförmiger Regen. Der Regen kam mir falsch vor. Der Regen bei uns war nämlich immer schnurförmig. Er hing aus den Wolken auf die Straßen herab und er war unten zu lang, wie unsere Gardinen. Meine Mutter sagte immer, dass die Gardinen, die man bei Ikea kaufen kann, nur für reiche Leute sind, die mit wenigen Leuten in großen Wohnungen leben und zu ganz hohen Decken hinaufschauen. Bei Leuten wie uns schlappten solche Gardinen aber unten auf den Boden. Genau wie der Regen.

Ich mochte den Comic nicht. Ich las eher Mangas, manchmal jedenfalls. Wenn ich überhaupt mal etwas las. Da, wo die Mangas spielen, regnet es eigentlich nie. Ganz im Gegensatz zum echten Japan, das kann ich dir flüstern, aber ich will nicht zu schnell erzählen.

Meistens hingen wir im Winter nur so im Einkaufszentrum rum und unterhielten uns oder wir daddelten. Ich hatte von einem Kumpel eine neue Version von Kudo EXXtreme bekommen, das ist japanischer Schwertkampf vom Feinsten. Es lief gut auf meinem Gameboy. Dachte ich damals jedenfalls, daran kann ich mich noch genau erinnern. Bis zu diesem besonderen Tag, an dem alles begann, hatte bei Kudo EXXtreme noch niemals jemand das hundertste Level erreicht. An diesem Tag war ich auf Level 6, das war auch schon nicht schlecht, niemand von den anderen Jungs war so weit gekommen. Im Einkaufszentrum war wenig los. Es war eben Ende November und die meisten Leute hatten wohl ihr Geld noch nicht.

Level 2

Gegenüber von der Metallbank, auf der ich meistens saß, war zuerst ein Bierstand. Da sah man immer nur die fetten Hintern der Leute, die dort hockten und schon morgens soffen. Eines Tages aber schloss der Bierstand, und eine ganze Weile lang blickte ich immer auf eine Jalousie aus Aluminium, wenn ich mal hochsah. Man gewöhnt sich dran. Dann aber, eines Morgens, als es draußen wieder regnete, hob sich die Wand, und ich sah, dass sich dahinter einiges getan hatte. Über dem Tresen hingen jetzt vier kleine rote Lampions, und an der Wand war etwas aufgebaut, von dem ich heute weiß, dass es ein buddhistischer Hausaltar war. Damals dachte ich, es wären ein Poster und davor Räucherstäbchen. Mister Ping stand hinter seinem Tresen und blickte ins Nichts. Er war ein älterer Asiat, vielleicht ein Japaner, dachte ich wohl. Aber vielleicht dachte ich auch nicht darüber nach, Asiat reicht ja schon. Das ist es, was ich damals dachte.

Ich wollte eben auch ins Nichts blicken, das sich auf der zweiten Ebene von Kudo EXXtreme befand, als Mister Ping plötzlich ein Messer in die Hand nahm und in die Luft schleuderte. Es drehte sich ein paar Dutzend Mal, die Klinge blitzte, und es machte zisch-zisch, dann fing er das Messer auf, ohne hinzusehen, und begann, damit irgendetwas zu schneiden.

»Cool, Mann«, sagte ich.

Mister Ping sagte gar nichts, er schaute noch nicht einmal zu mir rüber. Vielleicht hatte er mich auch nicht verstanden. Vielleicht kennen Japaner das Wort cool auch nicht.

»Ey. Mach noch mal, Mann«, sagte ich. Aber das machte er nicht, den ganzen Tag nicht. Er würdigte mich keines Blickes und schnippelte nur vor sich hin. Dann, gegen Abend, ließ er die Jalousie herunter, kam in Jeans und T-Shirt und Baseballkäppi hervor, so als sei er in meinem Alter, schloss die Jalousie von außen ab und verschwand.

So ging es einige Tage. Draußen regnete es wie irre, alles war voller Wasserschnüre. Mister Ping kam, wenn ich schon dasaß und mich mit dem sechsten Level herumquälte. Da wusste ich noch nicht, dass ich in meinem ganzen Leben damit nicht weiterkommen würde. Also versuchte ich es.

Mister Ping schloss seine Jalousie auf,

zog sie hoch, wusch sich stundenlang die Hände an der
Spüle in seinem Stand und erschien irgendwann im weißen
Kittel hinter seinem Tresen, fast ein wenig wie ein Opera-
teur.

Dann kamen langsam die ersten Gäste zu ihm. Sie setzten
sich auf die Barhocker. Sie bekamen Stäbchen, dann aßen
sie. Mister Ping bewegte niemals das Gesicht. Er nickte den
Gästen nur zu. Das mit den Messern machte er auch nicht
wieder. Bestimmt wären seine Gäste dann auch schreiend
davongelaufen. Es waren wenige genug.

Eines Vormittags sprach ich ihn wieder an. Da hielt er gerade einen Fisch in die Höhe und betrachtete ihn von allen
Seiten. »Roher Fisch, ey?« Ich hatte mal irgendwo gehört,
dass die Japaner rohen Fisch essen, konnte mir aber nicht
vorstellen, wie er schmeckt. Ich mochte noch nicht einmal
gebratenen Fisch. Bei uns zu Hause gab es auch nie Fisch-
stäbchen oder so, meine Mutter konnte nicht kochen.

Er antwortete nicht. Er schaute noch nicht einmal zu mir
herüber. Stattdessen schmiss er wieder seine Messer in die
Luft. Dieses Mal sahen sie scharf aus wie Rasierklingen und
die Lichter der Weihnachtsbeleuchtung glitzerten in den
Klingen. Das war echt gruselig, sage ich dir!

Level 3

Das Blöde in diesem Winter war, dass mein Kumpel Jayjay
in eine Jugendwohnung am anderen Ende der Stadt ge-
kommen war. Kuff, mein anderer bester Freund, hatte eine
Handtasche geklaut und war zu seiner Tante und seinem
Onkel nach Wien geschickt worden, die waren Pädagogen.
Ich langweilte mich, hatte aber andererseits auch keine Lust,

die Zeit in der Schule totzuschlagen. Es hatte sowieso alles keinen Sinn. Und mit Kudo EXXtreme war ich seit Tagen schon nicht weitergekommen. Draußen regnete es. Schnurförmig. Der Boden im Einkaufszentrum war glatt vom Wasser. Zu Mister Ping kamen keine Gäste.

»Kann ich das mit den Messern auch mal probieren?«, fragte ich eines Tages.

Er sah nicht einmal zu mir herüber. »Du bist zu langsam«, antwortete er. »Das geht nicht.«

Zu langsam! Ausgerechnet ich! Kein Rennspiel auf dem Cube, das ich nicht gewinne. Niemand, der schneller auf dem Gameboy ist. Hey Alter, man nannte ihn Zauberfinger oder was, sagte Kuff immer zu mir, und der war selbst nicht langsam. Ich sah zu Herrn Ping herüber und machte ein Geräusch, das ungefähr wie Örrps klang. Dann wollte ich mich eigentlich gerade wieder meinem Gameboy zuwenden.

»Rülpsen kannst du auch nicht«, antwortete Mister Ping plötzlich. »Dein Luftstrom ist auch zu langsam, weil du deinen Körper nicht unter Kontrolle hast. Rülpsen geht so: …«
Und dann machte er es. Er machte ein Geräusch, das klang, als würde eine Kuh blöken oder so etwas. Aber es war nur ein ganz kurzes, schnelles Geräusch. Und wahnsinnig laut. Es klang durch das ganze Einkaufszentrum. Alle guckten, woher es kam. Keiner wusste, was los war. Sogar der Sicherheitstyp in seiner roten Weste tippte plötzlich auf seinem Sprechgerät herum.

»Cool«, sagte ich zu Mister Ping rüber.
»Zeig mir, wie es geht, Alter!«

»Ich sagte doch, dass du zu langsam bist«, antwortete Mister Ping.

Das war es. Dann sagte er tagelang nichts mehr, sooft ich ihn auch ansprach. Morgens kam er, zog die Jalousien hoch, abends machte er sie wieder runter, dann ging er. Er sagte nicht Hey oder Hallo, er zog nicht einmal eine seiner feinen Augenbrauen hoch, er machte einfach seinen Job.

Es war am Tag, als meine Mutter beerdigt wurde. Es war kein Problem, dachte ich so. Aber ich war deswegen erst gegen Mittag im Einkaufszentrum. Shoppen musste ich ja auch noch. Mehrere Leute hatten mir nämlich nach der Beisetzung auf die Schulter geklopft und »wird schon wieder« gesagt und mir etwas Geld zugesteckt, deswegen hatte ich nun die neue Version von Kudo EXXtreme in der Tasche. Ich fühlte mich wie einer der Samurai in Kudo EXXtreme. Die müssen auch so einiges aushalten.

Mister Ping sah zu mir herüber. Im gleichen Augenblick flog etwas Silbernes durch die Luft in meine Richtung. Warf der bescheuerte Japaner hier mit Messern auf Kids? Ich hätte gern aufgeschrien, aber dazu war ich wohl echt zu langsam, da hatte Mister Ping recht. Also duckte ich mich nur. Im gleichen Augenblick schepperte es auf dem Boden. Aber das war kein Messer. Es war nur eine kleine Reibe. Heute weiß ich, dass es eine Daikonreibe war, für japanischen Rettich, ein Küchenartikel. Damals war ich einfach nur wütend, weil er mir so einen Schrecken eingejagt hatte. Aber selbst das konnte ich nicht mehr sagen. War wohl wieder zu langsam.

»Du kannst mir helfen«, sagte Mister Ping. »Aber schnell machen!«

Ehe ich lange nachdenken konnte, hatte er meinen Rucksack und die Tüte mit dem neuen Spiel hinter seinen Tresen geschleppt, an meiner Jacke gezupft, sodass ich sie auszog, und mir eine weiße Schürze umgebunden. »Hände waschen«, befahl er dann. »Aber schnell.«

Ich blickte zu den Messern. Sie lagen ordentlich und mit blitzenden Klingen in einer Reihe nebeneinander. Mister Ping warf mir einen Lappen zu. »Vitrine polieren, aber nicht so langsam.«

Die Vitrine war eine Art Glassarg und darin lagen verschiedene Stücke Fisch. Nehme ich jedenfalls an, dass es Fisch war, denn riechen konnte man nichts. Ob der gläserne Deckel wirklich so dicht schloss?

»Das Glas ist schon sauber«, sagte ich, nachdem ich einmal hin- und einmal hergewischt hatte. Ich wollte lieber ein bisschen mit den Messern rummachen.

Mister Ping war gerade dabei, Reis in ein Sieb zu schütten.

»Ob Glas sauber genug ist, kann man nie wissen«, antwortete er. »Du denkst zu langsam!« Er wendete sich wieder seinem Reis zu. »Mach schneller!«

Ich weiß nicht, warum ich überhaupt tat, was er sagte. Vielleicht ist es einfacher, ein paar Befehle zu befolgen, wenn man nicht nachdenken will. Und wenn man so ein paar Bilder aus dem Kopf herausbekommen will.

Also putzte ich das Glas. Er sagte nichts mehr zu mir, den ganzen Tag lang nicht. Als wir abends die Rollläden herunterließen, fühlte ich mich nicht schlecht, jedenfalls nicht schlechter als vorher.

Level 4

»Willst du etwas essen?«, fragte Mister Ping ein paar Tage später. Ich hatte seit etlichen

Tagen nichts zu mir genommen, und mir war es eigentlich egal, ob ich mir noch etwas rohen Fisch reinstopfte, bevor ich mich in nichts auflöste.

»Keine Ahnung«, antwortete ich. Er störte mich beim Putzen meiner Scheibe.

»Schlaf nicht ein bei der Arbeit«, antwortete Mister Ping.

»Ich war elf, als ich anfing, für mich selbst zu sorgen«, sagte Mister Ping. »Wir wohnten in Shukunegi. Das ist ein Fischerort in Japan. Es roch dort so wunderbar…« Er atmete langsam durch die Nase ein. »Das Meer war kühl und der Seewind enthielt immer auch einen Hauch von Ferne. Ich wusste, dass ich dort nicht wegkonnte. Aber wenn ich ein Stückchen frisch gefangenen Fisch aß, dann fühlte ich mich eins mit dem Ozean. Das Essen hat meine Seele befreit.«

Ich murmelte etwas vor mich hin, was ich jetzt lieber nicht sage.

Mister Ping schien es nicht zu hören. Er säbelte ein Stückchen Thunfisch ab und legte es auf einen der glatten Holzteller. »Iss!«

Ich wollte gerade zugreifen.

»Nicht so! Iss es mit Stäbchen!«

Ich frage mich bis heute, wie ich das damals hinbekommen habe. Aber es ging. Es war ja auch nur ein einziger Bissen.

Der Fisch war kühler und zarter, als ich gedacht hatte. Und er schmeckte nur ganz leicht salzig. Ich schloss die Augen. Er schmeckte nicht nach Meer. Er schmeckte nach kühlem Frühlingsregen, durch den die Sonne hindurchscheint.

»Damals in Shukunegi«, fuhr Mister Ping fort, »haben

wir Kinder nachmittags die Fischerboote erwartet. Dann bekamen wir meist einen kleinen Seebarsch oder eine Makrele geschenkt und brieten sie abends über einem offenen Feuer am Strand. Man brauchte keine besonderen Gewürze dazu, nur etwas Salz. Manchmal tropften wir noch etwas Sojasoße auf die krossen Stellen.«

Ich schluckte.

Dann erzählte Mister Ping von den Sternen, die über den Kindern glitzerten, während sie aßen und lachten und sich schließlich zum Schlafen in den Sand legten. Das Dorf war durch einen riesigen Bambusvorhang vom Meer geschützt, damit die Bewohner nicht am Fernweh erkrankten. Aber Mister Ping, der damals natürlich noch nicht Mister Ping hieß, hatte sich wohl zu oft an den Strand gewagt. Deswegen hatte er seine Heimat eines Tages verlassen.

»Kann ich mir noch so ein Stückchen Fisch absäbeln?«, fragte ich.

»Absäbeln«, wiederholte Mister Ping tonlos. »Nein, absäbeln kannst du dir keines.«

In dieser Nacht träumte ich erstmalig von Shukunegi. Ich träumte, dass ich ganz auf mich allein gestellt war und ein Kind. Dann wachte ich auf und wusste nicht mehr, ob es ein Traum gewesen war. Ich war 14 Jahre alt.

Als Mister Ping an diesem Morgen im Einkaufszentrum erschien, hatte ich schon mehr als eine Stunde vor seinem Stand gewartet. Er schloss die Jalousien auf und warf mir aus der Tüte, die er trug, einen neuen Putzlappen zu. Ich sagte nichts und begann, das Glas der Vitrine so sauber zu putzen wie nie zuvor. Fast hatte ich den Eindruck, dass

es unter meinen Bewegungen verschwand, sodass der frische duftende Fisch plötzlich direkt unter meinen Händen lag und ich nur darüber herumwedelte wie bei einem Ritual.

»Es dauert zehn Jahre, bis du ein Sushi-Meister bist«, sagte Mister Ping. »Bei deiner Langsamkeit werden wahrscheinlich eher zwanzig Jahre daraus werden. Wenn nicht noch mehr.«

»Ich möchte unbedingt nach Shukunegi«, hörte ich mich antworten. »Das ist der Ort, an den ich wirklich gehöre.«

»Oh, wie dramatisch! Lerne lieber zuerst, deine Gefühle zu kontrollieren.«

An diesem Tag durfte ich erstmalig Reis waschen. Das ist keine Tätigkeit, nach der man sich sehnen sollte. Fast frieren einem die Hände dabei ab, weil man ihn lange unter fließendem Wasser bewegen muss, so lange, bis das Wasser klar wird.

Level 5

Was nun kam, war nicht nur anstrengend, es war nervenzerfetzend. Das lag vor allem daran, dass es alles ewig lange dauerte. Während draußen der Winter kam und der Regen kälter wurde, wusch ich den Reis. Ich wusch und wusch. Dann wurde es heller. Man sah es durch die Lichtschächte am Dach des Einkaufszentrums. Frühling. Der Regen wurde wärmer. Ich wusch Reis.

Dann kam mein Geburtstag. Ich hatte selbst nicht daran gedacht und meine Leute zu Hause auch nicht. Aber Mister Ping. Als ich an unserem Stand eintraf, war er schon da. Er machte ein feierliches Gesicht. Aber er lächelte nicht, nicht einmal an meinem Geburtstag lächelte er. Vor ihm auf dem Tresen lagen zwei kleine rote Pakete, beide mit weißer Schleife. Beide für mich. Ich hätte sie gern noch so gelassen, wie sie waren, weil ich noch nie ein eingewickeltes Geschenk bekommen hatte.

»Ich habe mir schon gedacht, dass du auch beim Geschenkeauswickeln so langsam bist«, sagte Mister Ping. »Wie beim Glaspolieren und beim Reiswaschen.«

In dem einen Paket war eine rote Kochschürze, in dem anderen eine Uhr.

»Für den Langsamen«, sagte Mister Ping.

Ich hätte fast angefangen zu heulen, so sehr freute ich mich. »Schon klar«, antwortete ich.

»Und ab morgen gehst du vormittags wieder zur Schule«, sagte Mister Ping. »Ich möchte, dass mein Reis von einem klugen Mann gewaschen wird.«

Mann, dachte ich. Er hält mich nicht mehr für ein Kind.

Als es Sommer wurde, durfte ich nachmittags anfangen, Gemüse zu schnitzen. Es ist nicht gerade leicht, so etwas wie eine Möhre in gleich große Scheibchen zu schneiden und diese Scheiben dann auch noch mit Zacken zu versehen, wie Zahnräder. Ich schnitzte und schnitzte. Von morgens bis abends. Dann, eines Nachts, wurde ich wach, weil der Regen plötzlich aufgehört hatte. Und weil eine Idee in meinen Kopf geschossen war. Ich würde die Möhre an den Seiten einkerben und sie dann in Scheiben schneiden, das würde mir enorm viel Zeit sparen.

Ich war so aufgeregt, dass ich es kaum erwarten konnte, was für ein Gesicht Mister Ping machen würde.

Mister Ping machte gar kein Gesicht. Er sagte: »Ich dachte schon, du kommst nie drauf, so langsam, wie du bist!«

Dann legte er einen kleinen Lachs auf mein Schneidebrett.

»Mal sehen, was du damit machst!« Er gähnte. »Hoffentlich werde ich mal so alt, dass ich das erlebe, wie du ein Stückchen davon ABSÄBELST«, sagte er. »Mach es nicht zuuuu langsam. Fisch verdirbt nach einem Tag!« War da etwa ein Sprühen in seinen Augen zu sehen? Lachte er innerlich über mich? Ich fühlte plötzlich auch ein Kitzeln in den Augenwinkeln und eines im Hals und musste plötzlich selbst losprusten. Ich lachte und lachte und sogar Mister Ping konnte sich ein Lächeln nicht verkneifen.

Level 6

Da wir kaum Gäste hatten, konnten wir uns ruhig unterhalten. Meistens erzählte mir Mister Ping von Shukunegi, von seiner Kindheit dort, von seiner Familie und von seinen Freunden. So lernte ich Lihan kennen, die ihn immer ärgerte, weil er so klein war, und ich musste über den gelben Hund lachen, der gern Fisch klaute. Ich hörte, was Großmutter Shan sagte, wenn man eine Flüssigkeit verschüttete. Sie sagte, das macht nichts, das läuft alles ins Meer. Großmutter Shan hätte damals einen Mann heiraten können, der einen Anteil an dem riesigen Goldvorkommen in der Nähe von Shukunegi geerbt hatte, darum war sie so großzügig. Auch wenn sie diesen Mann nicht erwählt hatte. Das spielte jedoch keine Rolle. Ich begriff auch, warum Großvater Kuon nicht wollte, dass einer aus seiner Familie geflickte Sachen trug. Weil die Flicken nämlich länger hielten als der Rest des Kleidungsstückes. Das wäre ja so, als wenn das Böse über uns siegen würde. Sagte Großvater Kuon immer. Ich fand, dass er völlig recht hatte.

Überhaupt ähnelte ich ihm immer mehr, das sagte auch Mister Ping. Die gleiche Begabung, die gleiche Art, den Dingen auf den Grund zu gehen. Die gleiche Zuverlässigkeit. Aber eben auch die gleiche Langsamkeit. »So seid ihr eben«, sagte Mister Ping manchmal versöhnlich, wenn ich es nicht geschafft hatte, in einer Zehntelsekunde eine Tonne Gemüse zu putzen. »Langsam, langsam, langsam!«

Meine Lieblingsnachbarin aus Shukunegi war die junge Mako. Von ihr konnte ich gar nicht genug hören. Sie war ein Bild von einem Mädchen, und ihre Haare glänzten fast bläulich, so dunkel und seidig waren sie. Mako brachte alle jungen Männer des Dorfes fast um den Verstand, weil sie sich mit keinem einlassen und für keinen entscheiden wollte. Sie liebte es, kleine Stückchen von rohem Thunfisch zusammen mit winzigen Gurkenstücken zu essen. Manchmal, wenn wir Zeit hatten, machten Mister Ping und ich gegen Feierabend einen besonderen Teller für Mako zurecht. Mister Ping zeigte mir, wie man die Thunfischstücke so schnitt, dass sie frisch und taubedeckt wie Rosenblätter aussahen. Die Gurken bekamen die Form winziger Wasserrosenblätter. Wir arrangierten alles und dann aßen wir es selbst auf. »So war es immer«, sagte Mister Ping. »Letztlich isst man es selbst. Von mir hat sie niemals auch nur ein einziges Häppchen entgegengenommen. Da müsste erst einer wie du kommen!«

Das dachte ich allerdings auch. Ich war unterdessen 17 Jahre alt und konnte mich durchaus sehen lassen.

Wir hatten uns zwei Teller mit Häppchen für Mako gemacht und aßen die Sashimistückchen, während wir den Putzfrauen zusahen, die im Einkaufszentrum die Mitte der Böden wischten. Ich kann mich noch genau an diesen bestimmten Abend erinnern. Mister Ping sah mich plötzlich direkt an, das war etwas, was er sonst niemals tat. »Shukunegi gibt es wirklich«, sagte er. Und diesmal sagte er es LANGSAM. »Ich möchte, dass du das weißt.«

»Klar«, antwortete ich. Wir schrieben am nächsten Tag eine Mathearbeit und ich war etwas abwesend. In der Schule klappte jetzt zwar alles, aber es war nicht so, dass es mir leichtfiel. Vor allem da Mister Ping mir nicht ein einziges Mal bei den Schularbeiten half. Wir verabschiedeten uns an diesem Abend wie immer. Ohne Worte machten wir das. Wir nickten einander nur zu. Ich denke, dass Mister Ping keine Begabung für Abschiede hatte, so wie ich eben immer etwas langsam war. Jeder ist er selbst. Das sagte Großvater Kuon immer.

Level 7

Wenn ich sagen würde, dass ich Mister Ping nie wieder gesehen hätte, dann wäre das nicht ganz richtig. Als ich am nächsten Tag zu unserem Stand kam, war er verschlossen. Es hing ein Zettel daran, dass man sich bei der Centerleitung melden sollte. Wie sich herausstellte, hatte Mister Ping seit langer Zeit die Miete für den Stand nicht mehr aufbringen können und ihn schließlich an einen anderen Japaner weitervermietet.

Und was war mit mir? Ich weiß es nicht. Ich dachte diesen Gedanken gar nicht erst. Vielleicht war es das jahrelange Reiswaschen in kaltem Wasser, das mich zu einem zwar langsamen, aber auch sehr geduldigen Menschen gemacht hatte. Ich fühlte nicht einmal Schmerz. Ich fühlte, dass ich einen Plan hatte.

Er weiß nicht, wie LANGSAM ich wirklich bin, dachte ich manchmal. Aber es war nicht so, dass ich täglich an mein Ziel dachte. Ich verfolgte es eher instinktiv. Während ich das tat, machte ich meinen Schulabschluss und begann zu studieren. Ich jobbte nebenbei in einem chinesischen Schnellimbiss, um mein Studium zu finanzieren, und vergaß dort fast, was es heißt, eine Rose aus einer Möhre zu schnitzen.

Gelegentlich ging ich in ein japanisches Restaurant und horchte tief in mich hinein, wenn ich die zarten Fischstückchen, die fein geschnitzten Gemüse und den weichen Reis auf meiner Zunge spürte.

Als ich den ersten Job in einem Krankenhaus bekam und die ersten Gehälter auf meinem Konto gelandet waren, stand mein Entschluss fest.

Das Dorf Shukunegi lag auf der Insel Sado im japanischen Meer, keine 300 Kilometer von Tokio entfernt. Ich kannte jede Straße und glaubte sogar, die Familienähnlichkeiten der vier großen Fischerclans sehen zu können. Ich fand das kleine Gasthaus, das früher einmal der Großtante von Mister Ping gehört hatte, und ließ mir ein Zimmer geben. Sogar die weiche blaue Decke erkannte ich.

An meinem ersten Abend ging ich durch

das Tor des Bambusvorhangs zum Strand, so als würde ich meiner eigenen Kindheit einen Besuch abstatten. Der Meerwind blies kühl und unvergleichlich salzig. Hatten wir hier nicht immer das Feuer gemacht und die Makrelen gegrillt? Der grobe Sand fühlte sich genauso an wie damals, in meiner Erinnerung an die Erinnerung von Mister Ping.

An diesem Abend spannte sich ein riesiger Sternenhimmel über mir. Da hörte ich plötzlich ein Geräusch.

Ich war nicht allein am Strand. Im Tor des Bambusvorhangs stand Mako. Sie war noch schöner als in den Erzählungen von Mister Ping.

»Du musst der Sohn von Ping sein«, sagte sie. »Komm mit, wir warten schon seit Langem auf dich.«

»Sohn ist gut«, sagte ich.

Sie saßen vor ihrem Haus und ich erkannte sie alle.

Mister Ping war unverändert.

»Sagte ich euch doch, er ist immer schon langsam gewesen«, sagte er, zu seinen Leuten gewandt. »Genau wie damals Großvater Kuon. Aber das macht nichts. Komm und setz dich, Sohn, und erzähle uns vom Regen!«

Einen kleinen Moment lang trafen sich unsere Blicke. Seine Augen glänzten. Aber dieses Mal war das kein Lachen. Es war Freude.

Martin Klein

Dünenkinder

Brasilien. Grün, gelb und blau. Der beste Fußball. Pelé, Zico und Ronaldinho. Vierzigmal so groß wie Deutschland. Rio de Janeiro mit dem Zuckerhut und dem berühmten Copacabana-Strand. Immer Sonne und niemals Schneewinter. Zuckerrohr, Palmen und tropischer Regenwald. Der Amazonas-Fluss mit unbekannten Indianerstämmen und bunten Giftfröschen. Kaffee, Mangos und Limonen.

Das war's so ungefähr, was Nick über Ricardos Heimatland wusste. Ricardo hatte schwarze Haare, dunkle Augen und war Künstler. Er konnte aus Ton alles herstellen. Geld verdiente er, indem er innerhalb einer Stunde von jedem beliebigen Menschen ein originalgetreues Kopfporträt schuf. Nicks Mutter Inga hatte in einer Zeitungsanzeige davon erfahren. Wenig später modellierte Ricardo sorgfältig Ingas Kopf aus Ton. Dabei berührte er immer wieder sanft ihre Schläfen und ihr Kinn und sah ihr tief in die Augen. So entstand eine wunderschöne Büste wie die einer Königin – und Inga war unsterblich verliebt.

Wenig später kehrte Ricardo nach Brasilien zurück. Inga und Nick sollten ihn unbedingt in Genipabu in seinem Drei-Palmen-Haus besuchen. So schnell wie möglich, darauf bestand er beim Abschied.

Nick besaß einen beleuchteten Zimmerglobus. Er schaltete das Licht an, und der blaue Planet begann, einladend zu schimmern.

»Hier.«

Ricardo tippte mit dem Zeigefinger auf eine Stelle. Seine Fingerkuppe deckte ungefähr tausend Kilometer im Nordosten Brasiliens ab. Rio befand sich dreieinhalb Fingerkuppen weiter südlich.

»Das ist aber weit von Rio de Janeiro entfernt.« Nick klang unwillkürlich ein wenig enttäuscht.

Ricardo lachte. »Gut so! Der Strand von Genipabu ist nämlich viel schöner als die Copacabana. Und das muss nicht jeder wissen, oder?«

Inga und Nick wussten es nun. Am ersten Tag der Herbstferien flogen sie über den Atlantik. Sie landeten auf dem Flughafen von Recife. Die Luft war heiß und stickig, roch nach Meer und Benzin und fühlte sich so ähnlich an wie in einem Gewächshaus. Nick brauchte nur ein paar Minuten, um sich daran zu gewöhnen. Mehr Zeit hatte er auch nicht, denn seine Mutter und er stiegen sofort in einen Bus um.

Sechs Stunden später kamen sie müde und zerschlagen in der Stadt an, die Genipabu am nächsten lag. Dort wollte Ricardo sie am Busbahnhof abholen. Aber er kam nicht und die Nummer seines Mobiltelefons funktionierte nicht. Inga und Nick warteten und warteten. Schließlich gaben sie auf und übernachteten in einem Hotel. Am nächsten Tag kehrten sie zum Busbahnhof zurück, doch die Hoffnung, Ricardo könnte sich einfach nur um einen Tag vertan haben, erfüllte sich nicht. Sein Telefonanschluss blieb tot und Inga machte sich furchtbare Sorgen um ihren neuen Freund.

Dauernd sagte sie: »Hoffentlich ist nichts passiert.«

Nick beruhigte sie. Irgendein Gefühl sagte ihm, dass Ricardo wohlauf war.

Sie brauchten lange, um herauszufinden, welcher Bus nach Genipabu fuhr. Noch länger dauerte es, bis es weiterging. Der Bus fuhr erst am Abend. Schließlich rumpelten Inga und Nick eine Weile durch Dämmerung und Dunkelheit. Dann waren sie endlich da.

Und Ricardo hatte recht gehabt: Vor ihnen lag ein wunderbarer, von hoch aufragenden Dünen gesäumter Strand! Inga und Nick vergaßen die Strapazen der Reise. Sie streiften die Rucksäcke von den Schultern und die Schuhe von den Füßen und rannten zum Wasser. Der Sand war weiß und fein wie Mehl. Sie legten sich auf den Rücken und spürten weiche Wärme an der Haut.

»Die hat der Sand vom Tag für uns aufbewahrt«, sagte Inga. »Weil wir es verdient haben.«

Am dunklen Himmel glitzerten unzählige Sterne, ein Satellit zog vorbei und nach einer Weile leuchtete eine Sternschnuppe auf.

»Jetzt können wir uns was wünschen«, sagte Nick.

Inga nickte und Nick kannte ihren Wunsch sofort. Er beschloss, sich dasselbe zu wünschen, damit es ganz bestimmt funktionierte. Aber es funktionierte nicht. Zwar war Ricardos Haus leicht zu finden. Zwar war es ein schönes Gebäude, weiß getüncht mit mehreren Stockwerken und einem offenen Innenhof, in dessen Zentrum drei große Palmen

wuchsen. Zwar öffnete ihnen jemand die Tür. Aber es war nicht Ricardo, sondern eine junge Frau. Sie trug ein Baby auf dem Arm und streifte Nick mit einem Blick. Dann musterte sie die großen Rucksäcke auf Ingas und Nicks Rücken und schaute Inga an.

»Guten Abend«, sagte Inga und versuchte ein Lächeln. »Wir... wollen zu Ricardo.«

»Der wohnt hier nicht.«

»Nicht?«, wiederholte Inga.

»Nicht mehr«, sagte die Frau.

»Aber...« Inga verstummte.

»Tut mir leid«, sagte die Frau.

»Äh, wo ist er denn?«

»Keine Ahnung.«

»Wir... wir wollen ihn besuchen.«

Die Frau zuckte die Schultern. Sie lächelte seltsam und streichelte dem Baby abwesend über den Kopf. In diesem Moment erkannten Inga und Nick gleichzeitig, dass das Kleine Ricardos Baby war und die Frau Ricardos Frau.

»Hier ist er nicht mehr«, sagte sie.

Ricardos Frau und Ricardos Besuch standen sich eine Weile schweigend gegenüber. Inga wirkte wie erstarrt und Nick trat von einem Fuß auf den anderen.

»Gibt es... gibt es hier ein Hotel?«, fragte Inga schließlich mit rauer Stimme.

Die Frau schüttelte den Kopf. Das Baby machte gluckernde Geräusche und lächelte hinreißend.

»Hm, ach so... na dann... Wissen Sie vielleicht, wann der nächste Bus in die Stadt fährt?«

»Heute fährt kein Bus mehr«, sagte die Frau.

»Hm, ach so … na dann …«

»Kommt rein«, sagte die Frau. »Ich heiße Silvana.«

Das Baby gurrte freundlich und bewegte die Arme, als wollte es die beiden Fremden ins Haus winken.

»Und das ist Gilberto«, sagte Silvana.

Inga rührte sich nicht.

»Na, nun kommt schon«, sagte Silvana. »Es gibt Schlimmeres, oder?«

Nick und Inga wohnten fortan bei Silvana und Gilberto und alle vier verstanden sich vom ersten Moment an prima.

Noch am selben Abend erfuhren Inga und Nick, dass Silvana Ricardo aus dem Haus geworfen hatte. Sie hatte durch einen Zufall herausbekommen, dass er in Recife eine Geliebte besaß.

»Und wisst ihr was?«, sagte sie. »Diese dumme Kuh ist nicht einmal die Einzige gewesen!«

Sie lachte laut, und der kleine Gilberto begann, vergnügt zu krähen.

»Was für ein Lump«, sagte Inga, und: »Ich oberdumme Kuh.«

Silvana lachte noch lauter.

»Männer!«, rief sie. »Der größte Irrtum der Natur!«

Die beiden Frauen prosteten sich glucksend zu, und Nick hatte das Gefühl, es wäre Zeit, ins Bett zu gehen.

Silvana und Inga saßen von nun an Tag und Nacht im Hof des Drei-Palmen-Hauses und schimpften und lachten über Männer. Sie kochten mehrmals am Tag, tranken dau-

ernd Kaffee und trugen abwechselnd Gilberto auf dem Arm. Zwischendurch gingen sie baden und legten sich in knappen Bikinis in den Sand, während Gilberto auf ihnen herum-krabbelte und Sand aß.

Nick lernte in derselben Zeit Ismael, die Dünenkinder und das Sandsurfing kennen.

Ismael lebte nur ein paar Minuten zu Fuß vom Drei-Palmen-Haus entfernt. Der kürzeste Weg zu ihm führte an der *Dicken* vorbei die Uferlinie entlang. Die *Dicke* war eine besonders breit ausladende und weit vorspringende Düne. Sie war weniger steil als ihre Kolleginnen und eignete sich gut für Sandsurfing-Anfänger. Hier unternahm Nick in den Tagen nach der Ankunft die ersten Versuche.

Wenn man die *Dicke* umrundet hatte, sah man große schokoladenfarbene Felsen vor sich, die über und über mit weißen Muscheln besetzt waren. Wie ein Strom aus erstarr-ter Lava zogen sie sich vom Hochplateau über den Strand bis hinunter zum Wasser. Auf ihren Ausläufern befand sich ein auf Stelzen gebautes Holzhaus mit einer breiten, umlau-fenden Veranda, die *Cabana*. Ismael lebte und arbeitete in der Bar. Tagsüber war er Kellner, Koch und Barkeeper, und nachts verwandelte er sich zusätzlich in den Sicherheits-dienst, denn bei Flut überspülte das Meer die Ausläufer der braunen Felsen, und jeder Strandgänger lief über die Ve-randa. Manchmal hatte Ismael auf diese Weise nachts mehr Besuch als tagsüber. Wenn er keine Gäste hatte, schnitzte er, und wenn welche da waren, unterbrach er die Arbeit nur für die Zeit, die er brauchte, um Getränke zu servieren oder einem späten Hungrigen ein paar Kochbananen mit Fisch zu braten.

In der *Cabana* trafen sich auch die Dünenkinder, der dreizehnjährige dunkelhäutige Leandro, die elfjährige Leila mit der rauen Stimme und ihrem kleinen Bruder Carlos und alle anderen. Nick gehörte bald zu ihnen, und während Inga ihre Tage mit Silvana und Gilberto verbrachte, war Nick unzählige Stunden in den Dünen unterwegs. Die Sandberge waren so steil, dass man auf einer passenden Unterlage nach unten gleiten konnte wie auf einer Skipiste. Die Kinder verwendeten Treibgut. Am besten eigneten sich möglichst dünne und stabile Bretter. Nick lernte schnell, wie man sie mit scharfkantigen Steinen so glatt und rund hobeln konnte wie möglich, und Nick kam auf die Idee, Wachs an die Unterseite zu reiben wie beim Skifahren. Manchmal kam auch Styropor zum Einsatz, der allerdings nicht lange hielt, und eine Zeit lang versuchten sie es mit Mülltonnendeckeln aus Hartplastik. Nicks Idee mit dem Wachs erhöhte die Gleitfähigkeit der Bretter und ermöglichte den Sandsurfern längere Strecken, die sie *Marathonfahrten* tauften. Eine Marathonfahrt bedeutete, dass man nicht nur die Düne heil hinunterkam, sondern weiterfuhr – über den ebenen Strand hinweg bis direkt ins Meer hinein. Ein Kunststück, das nur bei Flut und großer Abfahrtsgeschwindigkeit möglich war. Manchmal legte jemand zum krönenden Abschluss noch einen Hechtsprung genau in eine brechende Welle hinein hin und bekam großen Applaus.

Vierzehn Tage später stand der Rückflug nach Deutschland an.

»Silvana und mir ist eine Idee gekommen«, sagte Inga beim Frühstück im Hof

und fütterte Gilberto mit Bananenbrei. »Sie lautet: Warum bleiben wir beide nicht einfach noch ein bisschen hier?«

Nick war überrascht, aber nicht sehr. Es war nicht die erste schräge Idee seiner Mutter.

»Warum nicht«, sagte er. »Aber Papa wird uns vermissen.«

Nicks Eltern lebten schon lange getrennt.

»Wahrscheinlich bemerkt er es gar nicht«, sagte Inga. »So viel, wie er selbst unterwegs ist.«

»Und wenn doch?«

»Ich ruf an und geb Bescheid«, sagte Inga, während Gilberto ihr einen Mundvoll Bananenbrei aufs Hemd spuckte. »Ich sage, wir haben den Rückflug verpasst und müssen ein wenig warten, bis wir zwei neue Plätze bekommen.«

»Und was ist mit der Schule?«, fragte Nick.

»Zur Schule wirst du noch lange genug gehen.« Inga kratzte den Brei von ihrem T-Shirt und schob ihn dem Baby erneut in den Mund. »Außerdem gehörst du in den meisten Fächern zu den Besten. Da schadet eine kleine Auszeit nicht so sehr, oder?«

»O.k.!«, rief Nick, sprang auf und rannte zum Strand.

Also lebten sie einfach weiter im Drei-Palmen-Haus.

Das Gefühl, Ferien zu machen, wich mehr und mehr der Alltäglichkeit.

Nick begann sogar, in Genipabu zur Schule zu gehen, in dieselbe wie die anderen Kinder. Sie lag weit hinter den Dünen im Landesinneren und gehörte zu einem Kloster. Die meisten Lehrerinnen waren Nonnen und vor jeder Stunde wurde gebetet. Nick kam trotz der fremden Sprache halbwegs mit. Vieles, was die Nonnen lehrten, hatte er in

Deutschland schon durchgenommen, und wenn nicht, kapierte er oft einigermaßen, worum es ging. Nicks Portugiesisch war zwar gebrochen und hatte einen Akzent, aber er lernte schnell und verstand bald fast alles.

Nur die übliche Zeitrechnung verschwand trotz des Schulbesuchs unbemerkt aus seinen Gedanken. Doch eines Morgens fragte Nick sich beim Aufwachen, wie lange er schon in Genipabu war. Er hatte keine Vorstellung.

Nick trat aus dem Schlafraum auf die Dachterrasse. Sein kleines Zimmer saß wie ein Schwalbennest ganz oben am Rand des Hauses. Es war noch sehr früh.

Die Sonne tauchte aus dem Meer und übergoss alles mit gleißendem, flachem Licht. Die drei Palmen im Innenhof warfen kunstvolle lange Schatten auf den Dünenhang hinter dem Gebäude.

Er blinzelte und drehte sich zum Meer.

Der weite Strand zeigte Ebbe an.

Er hörte ein entferntes Klopfen. Das war Ismael. Tock-tock-tock.

Manchmal schnitzte er die ganze Nacht hindurch. Wenn der Wind von Norden wehte, konnten Inga und Nick ihn hören, wenn sie achtgaben. Nick liebte das Geräusch. Unregelmäßig tauchte es zwischen dem immerwährenden Rauschen der Brandung auf wie ein Korken aus Wellentälern. Inga schimpfte manchmal darüber und behauptete, Ismael mache nächtlichen Lärm. Nick sah es anders. Ismael machte keinen Lärm. Er beschwor vielmehr Ruhe herauf. Was im Drei-Palmen-Haus ankam, war, als würde ein Dirigent mit dem Taktstock ans Pult klopfen.

Tock-tock-tock.

Einen Augenblick verharrte Nick noch auf der Dachterrasse, blinzelte ins Morgenlicht und versuchte, Ismaels Klopfen aus dem Wellenrauschen herauszufiltern.

Dann machte er sich auf den Weg nach unten. Am Fuß der Treppe durchquerte er die Küche. Ein paar Kakerlaken machten sich dünn. Ein riesiges Exemplar blieb einfach mitten in der Küche stehen. Vielleicht versuchte es, so zu tun, als sei es nicht da. Das war eine schlechte Idee und das Viech schien es zu ahnen. Seine langen Fühler zitterten nervös hin und her. Nick brachte es nicht fertig, die Schabe zu zertreten, und stieg über sie hinweg.

Inga schlief in einem kleinen Raum hinter der Küche.

Nick rüttelte an ihrer Schulter.

»Inga, was für ein Datum haben wir?«

Sie knurrte unwillig und zog die Decke enger um sich.

»Hm, was?«

»Was für ein Monat ist jetzt gerade?«

»Monat?«, murmelte Inga mit geschlossenen Augen. Sie sprach das Wort aus, als wüsste sie nicht, was es bedeutet. »Was für ein Monat?! Was soll das? Ich schlafe noch.«

Nick beugte sich über sie und hielt den Mund direkt an ihr Ohr.

»Meinst du damit, du hast keine Ahnung, welchen Monat wir jetzt gerade haben?«

»Ich schlafe noch! Ist schon Zeit für die Schule oder was? Kannst du das bitte ohne mich hinkriegen? Cornflakes stehen auf dem Schrank und ein bisschen Milch müsste auch noch da sein.«

»Mama, welcher Wochentag ist heute?«

Ohne die Augen zu öffnen, brummte Inga irgendwas.
»Und welches Jahr?«

Diese Frage stellte Nick nur noch, um sicherzugehen. Wie erwartet erhielt er keine Antwort. Nicht nur er hatte also Zeitgedächtnisschwund.

Plötzlich machte Nick das unruhig. Er nahm sich vor, die Schule an diesem Tag nicht zu verpassen. In Genipabu musste man sich so etwas vornehmen. Es war hier nicht für alle selbstverständlich, täglich im Klassenraum zu sitzen. Leandro tauchte selten in der Schule auf, und Leila ging zwar gern hin, konnte es aber nur tun, wenn sie nicht auf ihren kleinen Bruder aufpassen musste.

Die Ebbe erleichterte die Entscheidung: Zum Glück kein Marathon-Vormittag, dachte Nick, als er das Haus verließ.

Nach ein paar Schritten erreichte er den Dorfplatz. Zweimal pro Tag hielt dort laut Fahrplan der Bus. Endstation Genipabu. An diesem Morgen wartete noch niemand an der Haltestelle vor Serginhos Laden. Nur Ratinho hatte es sich mit lang ausgestreckten Vorderbeinen unter dem Haltestellenschild bequem gemacht. Er hatte struppiges graues Fell, eine spitze Schnauze und einen im Vergleich zu seiner gedrungenen Hundegestalt merkwürdig langen Schwanz. Als Nick auftauchte, wischte er über den Boden und wirbelte etwas Staub auf.

Nick kraulte ihm den Kopf und betrachtete das vollgestopfte Ladenschaufenster. Die Sonne hatte viele Verpackungen ausgebleicht. In einer Ecke hatte sich ein wolkiges Staubknäuel gesammelt und in der anderen lag ein riesiger Käfer regungslos auf dem Rücken. Dazwischen

türmten sich Werkzeug, Spielzeugautos, Kuscheltiere, Kochtöpfe, tragbare Radios und eine Stellwand voller Romanhefte und Comics. In den Regalen im Innenraum gab es Süßigkeiten, Ziegenkäse, Brot und andere Lebensmittel, außerdem Schrauben, Waschmittel, Pflaster und Klopapier. Bei Serginho gab es alles.

Nick fiel ein, dass im Laden sicher irgendwo ein Kalender an der Wand hing, vielleicht sogar einer mit Markierung des aktuellen Tages. Er presste sich die Nase an der Scheibe platt, aber er konnte vom Innenraum fast nichts erkennen.

»Siehst du etwas, wofür es sich lohnt, den Laden auszuräumen?«

Nick drehte sich um. Leandro schlenderte ihm über den Platz entgegen. Ein Lederriemen, an dem in Hüfthöhe ein Holzkasten hing, spannte über seiner Schulter.

Ratinho begrüßte Leandro mit seinem schlappen, staubigen Gewedel. Leandro stupste den Hund mit der Spitze seines rechten Badelatschen an. Er trug Berufskleidung: dunkle unzerrissene Shorts, darüber ein schwarzes T-Shirt mit dem Aufdruck *Weltbester Schuhputzer* und auf dem Kopf ein Basecap mit aufgesticktem Emblem. Es zeigte einen eleganten Herrenschuh, der helle Strahlen in alle Richtungen schickte.

»Serginho könnte uns mal den Kram vermachen, der seit Ewigkeiten bei ihm herumliegt. Den alten Kram, für den ihm sowieso keiner einen Centavo gibt, verstehst du?«

»Was willst du damit?«

»Verkaufen natürlich.«

»Aber wenn Serginho das Zeug nicht verkaufen kann, warum solltest du es schaffen?«

Leandro überlegte einen Moment. Dann zuckte er die Schultern und grinste. »Ach, scheiß drauf. Soll halt alles weiter bei ihm rumliegen, bis der Papst mal vorbeikommt.«

Das erinnerte Nick an die Klosterschule.

»Wieder keine Zeit für die Pinguine?«, fragte er mit einem Blick auf den Schuhputzkasten.

»So ist es.« Leandro klopfte bekräftigend gegen das Holz. »Alle Leute wollen saubere Schuhe haben und ein sauberes Trinkgeld gibt's oft noch dazu. Das kann ich nicht versäumen. Weihnachten ist schnell wieder vorbei und dann...«

»Weihnachten?!«, unterbrach Nick ihn. »Wie meinst du das?«

»Na, Weihnachten dauert nicht lange. Ein paar Tage noch und danach tragen alle wieder Badelatschen. Ist daran irgendwas schwer zu verstehen?«

»Ist etwa schon Weihnachtszeit?«

»Was denn sonst?«, fragte Leandro zurück.

»Du meinst, wir haben Dezember?«

Leandro grinste. »Wenn die Weihnachtszeit im Dezember liegt, dann haben wir jetzt Dezember, schätze ich.«

»Warte mal...« Nick begann zu rechnen. »Am vierten Oktober bin ich angekommen... dann wäre ich jetzt schon zweieinhalb Monate hier! Mehr als zehn Wochen. Über siebzig Tage!«

»Na und?«, erwiderte Leandro. »Hey, wo bleibt der Bus eigentlich? Der müsste auch längst hier sein.«

Er nahm den Schuhputzkasten von der Schulter, setzte sich darauf und lehnte sich mit dem Rücken gegen das Haltestellenschild. Ratinho legte sich direkt vor seine Füße und seufzte behaglich.

Sie warteten eine Weile schweigend, aber sie hatten einen Morgen erwischt, an dem der Bus nicht kam.

Schließlich stand Leandro wieder auf und hängte sich die Kiste um. »Ich geh mal ein Stück die Straße runter. Vielleicht kommt irgendjemand und nimmt mich mit. Wenn's nicht klappt, treffen wir uns nachher bei Ismael, o.k.? Du gehst jetzt bestimmt hin, oder?«

»Ich gehe in die Schule«, sagte Nick.

»Viel Spaß da«, erwiderte Leandro und lief los. Ratinho begleitete ihn zunächst eifrig, verlor aber schon nach ein paar Schritten die Lust. Er kehrte zurück und ließ sich schnaufend neben das Haltestellenschild fallen.

Leandro drehte sich noch einmal um. »Aber sag Schwester Cristiane lieber, dass ich krank bin.«

»Sie wird's aber nicht glauben.«

»Trotzdem.«

Schwester Cristiane leitete die Klosterschule. Leandro wusste, dass ihr das Fehlen eines Schülers wegen einer Erkältung weniger Sorgen machte, als wenn einer in der Stadt Schuhe putzte. Er hielt den Daumen raus und schwenkte den ausgestreckten Arm wild durch die Gegend.

»Hallo!«, schrie er in die Ruhe der leeren Straße. »Alles gut?! Ach, Sie fahren zufällig in die Stadt? Das trifft sich prima! Klar komm ich mit. Vielen Dank!«

Es gab hier um diese Zeit den Bus oder gar nichts. Um die Chance auf eine andere Mitfahrgelegenheit zu bekommen, musste Leandro die vier Kilometer bis zur nächsten Kreuzung zu Fuß zurücklegen. Er klopfte zum Abschied mit dem Knöchel auf den Deckel seines Holzkastens und lief los.

Nick seufzte und nahm in der anderen Richtung den Dünenaufstieg ins Visier. Vor ihm lagen eineinhalb Stunden Wüstenmarsch. Ratinho schaute mit halb geöffneten Augen hinterher. Er streckte sich wohlig und gähnte demonstrativ. Es schien, als wollte er mitteilen, dass jede menschliche Anstrengung überflüssig ist.

Federica de Cesco

Der weiße Yak

Ich bin ein Tibeter, aber lebe nicht mehr in diesem Land. 1951 besetzten die Chinesen meine Heimat. Danach waren die Dinge nie mehr, wie sie vorher waren. Meine Familie musste fliehen, eine Rückkehr in mein Land war unmöglich. Doch mein Leben steht noch ganz im Banne meiner ersten Eindrücke, als ich ein Kind war. Eine dieser Erinnerungen möchte ich hier erzählen: Meine Mutter Shelo war eine mächtige Nomadenfürstin.

Zu jener Zeit gehörten uns zweihundert Pferde, ein paar Tausend Schafe und achthundert Yaks. Die Yaks waren die Grundlage des tibetischen Lebens. Sie dienten als Packtiere und – wenn sie keine Hörner hatten – als Reittiere für Frauen und Kinder. Sie lieferten die tägliche Milch. Ihr Fleisch, getrocknet und mit Salz und rotem Pfeffer gewürzt, hielt sich ein Jahr lang. Aus den Häuten der alten Büffel fertigte man Fellboote, die jeder Strömung trotzten, Zeltdecken und Umhänge für den Winter, in früheren Zeiten auch Schilde, die Pfeile und sogar eine wuchtig gestoßene Lanze abhielten. Die feinere Haut der Kuh lieferte Leder für Kleider und Stiefel. Aus der Wolle wurden feste, wasserdichte Stoffe gewonnen, unsere Zelte waren aus Yakwolle, die sowohl vor Hitze als auch vor Kälte schützte. Fellriemen dienten zum Binden und Knüpfen, die Sehnen als Fäden.

Aus den Knochen machte man Werkzeuge und Nadeln. Die Hörner wurden zu Wasserbehältern, Tintenfässern und Schnupftabakdosen verarbeitet. Fast alle Dinge, die wir brauchten, stammten von den Yaks. Unsere Hirten stellten Butter, Käse und Borax her; sie verpackten die Butter in feuchte Häute, damit sie sich lange hielt. Die getrockneten Käselaibe wurden, auf einer Schnur gefädelt, zusammengebunden und auf dem Markt in Lithang angeboten. Von dem Verdienst kaufte meine Mutter Salz, das die Karawanen brachten, Seidenstoffe, Tee, Streichhölzer und Seife und manchmal auch Gold- oder Silbermünzen, Korallen und Bernstein, um ihr Geld gut anzulegen.

Wir zählten regelmäßig unsere Yaks; das Zeichen des Besitzers wurde ihnen nicht in den Schenkel, sondern in die Hörner gebrannt, was dem Tier weniger Schmerzen bereitet. Eines Tages, im Spätsommer, ritt ich mit Shelo auf die Weide. Es war ein schwüler, dunstiger Tag. Die Tiere bewegten sich träge. Plötzlich zog ein Gewitter auf. Das Gelb der Hügel verwandelte sich in tiefes Violett unter dicken schwarzen Wolken. Ein heftiger Wind bewegte die Gräser. Wir ritten in schnellem Trab heimwärts, doch das Unwetter kam uns zuvor. Eine Kette von Blitzen zuckte auf, manche fielen ganz nahe; der Donner rollte ununterbrochen. Bald fielen die ersten Tropfen; dann fegte ein gewaltiges Rauschen heran. Regen, hart wie Blei, peitschte unsere Schultern und Rücken. Der Wind heulte, auf unseren Ohren lag ein Druck, der uns schwindlig machte. Ehe ein Donnerschlag verhallt war, schmetterte ein neuer dazwischen. Wir ritten durch die graue Regenwand, durch das Feuer der

Blitze, das jedes Mal die Pferde aufschreckte und ausbrechen ließ. Als für einen kurzen Augenblick der Donner schwieg, vernahmen wir in der Nähe ein lautes, schmerzvolles Muhen. Wir hielten die Pferde an und lauschten. Eines unserer Tiere musste in Not sein. Plötzlich streckte Shelo den Arm aus. »Da!« Schnell ritten wir in die Richtung, aus der das Brüllen kam, und entdeckten unter einem Baum eine dunkle Masse, die sich bewegte. Der Blitz hatte einen gewaltigen Ast von der Krone geschlagen. Unter einem Gewirr von Laub und verbrannten Zweigen lag ein Yak in einer großen Blutlache. Eines seiner Hörner war abgebrochen. Wir sahen sofort, dass er nicht zu unserer Herde gehörte.

»Ein *Drong*!«, rief Shelo.

Die Drongs sind wilde Yaks, die im Gebirge leben. Diese Tiere sind mächtiger und größer als zahme Yaks. Zum Pflügen und Lastentragen eignen sie sich nicht. Es kam vor, dass wir ihnen Kühe überließen, damit wir im nächsten Frühjahr junge, kräftige *Dzos* bekamen. Ausgewachsene Drongs können fast zwei Meter bis zum Widerrist erreichen. Sie sind prächtig anzusehen, mit großen, geheimnisvollen Köpfen. Ihre Hörner, auswärts gebogen, schimmern lang und sind scharf wie Säbel. Ihr dunkelbraunes, ins Schwarze übergehende Fell fällt mähnengleich über Rückgrat und Flanken. Sie beherrschten schon die Hochtäler, als die Menschen noch in Grotten ihre ersten Pfeile schnitzten.

Das verunglückte Tier, eine Kuh, warf ihren schwerfälligen Körper hin und her, krümmte den Hals und reckte den Kopf, verzweifelt bemüht, die Last abzuschütteln. »Armes Tier!«, sagte ich zu ihr. »Was machen wir jetzt mit dir?«

»Bleib ihr vom Leibe!«, warnte mich Shelo.

Sie selbst näherte sich furchtlos der schmerzgepeinigten Kuh, packte den schweren Ast und versuchte, ihn wegzuziehen. Es gelang ihr nicht. Die Kuh zitterte zunehmend stärker, brüllte und stöhnte. Offenbar hatte ihr der Ast das Rückgrat gebrochen. Plötzlich schüttelte sie ein heftiges Zucken, die Augen traten ihr fast aus den Höhlen. Rasselnder Atem drang aus den geweiteten Nüstern. Die Beine streckten sich; ein tiefer Seufzer hob die verschwitzten Flanken. Dann fiel der schwere Körper zurück und lag still. Im weißen Flackerlicht trat ich zaghaft näher.

»Ist sie tot?«

Shelo nickte atemlos, wischte sich das nasse Haar aus dem Gesicht. Da hörten wir ein schwaches Blöken. Unter den knackenden Zweigen bewegte sich etwas, ein lockiger, nasser Kopf tauchte aus dem Blattwerk auf. Bevor sie starb, hatte die Kuh ein Kälbchen geworfen! Und – welch ein Wunder: Das kleine Tier war weiß, mit gelblichen Flecken hier und da. Weiße Yaks sind äußerst selten. Deswegen sagt man, dass sie Glück bringen. Wir befreiten das Kälbchen aus dem Gewirr der Zweige, hoben es mit vereinten Kräften hoch. Es war nicht viel schwerer als ein großer Hund, klebrig vom Blut seiner Mutter. Zwar konnten wir das Tier einige Schritte weit tragen, nicht jedoch auf das Pferd heben. Inzwischen zog das Gewitter weiter; die Sonne leuchtete aus gelben Wolkenschichten, und ein großer Regenbogen schwebte über den Hügeln.

»Bleib bei ihm«, sagte Shelo. »Ich hole die Hirten.«

Sie stieg in den Sattel, ritt davon. Ich

setzte mich neben das Kälbchen, das zusammengekauert am Boden lag. Es drückte seinen Kopf auf meine Knie.

Die Hirten kamen bald und brachten den kleinen Yak in das Lager. Alle freuten sich über die gelungene Rettung und bewunderten das Tier. Das Kälbchen stand auf zitternden Beinen und ich hielt es dicht an mich gepresst. Und um Mitternacht schliefen wir beide im Zelt, unter derselben Decke, als ob es die natürlichste Sache der Welt sei. Am Morgen erwachten wir fast mit demselben Atemzug. Shelo stellte lachend das Tier auf den Boden. Nun stand es da, immer noch schwankend, aber man sah ihm an, dass es sich aufrecht halten wollte.

Das Kälbchen wurde zusehends kräftiger. In den ersten Tagen blieb es in der Nähe des Zelts, dann bewegte es sich frei im Lager. Und jeden Abend stand es vor dem Eingang des Zelts und wollte bei mir schlafen. Djigme und Shelo lachten und erhoben keinen Einspruch. Fortan teilten wir das Lager. Weil das Kälbchen blaue Augen hatte, gab ich ihm den Namen *Yu* – Türkis. Djigme meinte, ich sollte mir etwas anderes einfallen lassen. Tierkinder hätten nur bei der Geburt blaue Augen. Ich glaubte Djigme nicht. Yu war etwas Besonderes! Doch die Farbe der Pupille veränderte sich, wurde schiefergrau, dann schwarz. Ich war enttäuscht, aber Yu behielt seinen Namen. Eine Zeit lang glaubte ich, dass es ganz mir gehörte. Yu wuchs schnell, wurde immer lebhafter, tollpatschiger und wilder. Bald hatte ich keine anderen Interessen mehr als diesen kleinen Yakbullen. Ich legte große Strecken zurück, um an besonderen Stellen Gras für ihn zu schneiden, das nach Anis oder Honig schmeckte. Ich fand bald heraus, welche Kräutermischung meinem Tier am besten schmeckte. Auch zu den Tränkeplätzen auf den Weiden ging ich, wo die *Dri* um die Wasserrinnsale standen. Wenn ich meine Stute Powo ritt, hüpfte und sprang Yu übermütig neben ihr her. Powo hatte viel Geduld mit ihm, und die Leute gewöhnten sich an den seltsamen Anblick eines kleinen Yakbullen, der dicht neben einer Stute trottete.

Den Winter verbrachten wir in Lithang. Ich spielte mit Yu im Hof. Bald jedoch wurde es unmöglich, Yu frei herumlaufen zu lassen; er verfolgte die Ziegen, griff die Hunde an und ging mit gesenktem Kopf auf alles los, was sich bewegte – ob es ein flatternder Vogel war oder die im Wind wehenden Gebetsfahnen. Er war wirklich ein stürmischer Bulle; schon wuchsen ihm die kleinen Hörner. Er stellte viel Unfug an; erst wenn ich aus der Schule kam, wurde er friedlich. Ich brauchte nur auf besondere Art auf den Fingern zu pfeifen, schon lief er mir entgegen, anhänglich wie ein Haustier. Yus Freundschaft galt nur mir, meiner Mutter und meinem Großvater. Allen anderen Menschen gegenüber verhielt er sich bockig. Von niemandem ließ er sich streicheln oder anfassen, nicht einmal von den Hirten, die doch zu seiner gewohnten Umgebung gehörten. Ich konnte mit ihm umgehen, wie ich wollte, ihn an den Hörnern packen, an seinem dicken Schweif ziehen und sogar auf ihm reiten. Eines Abends sagte Djigme zu mir: »Atan, das Tier ist ein Drong. Er wittert dich aus großer Entfernung und kommt, sobald du pfeifst. Das ist eine schöne Sache. Aber ein wilder Yak muss in den Hochtälern leben und lernen, eine Herde zu führen. Du siehst ja, wie gewalttätig er ist. Yu kann nichts dafür, es ist sein Instinkt. Es ist bes-

ser, wir schenken ihm die Freiheit.« Meine Kehle wurde
eng. »Er ist mein Freund!«, stieß ich verzweifelt hervor.
Großvater fasste mich an der Schulter.

»Auf Ehre und Gewissen, mein Junge, er wird es bleiben.
Aber du darfst ihn nicht seiner Freiheit berauben. Er wird
viel glücklicher in seinen Hochtälern sein als bei uns im Hof,
wo wir ihn angebunden halten müssen.«

So war ich gezwungen, mich von Yu zu trennen. Djigme
ritt mit uns in die Berge, auf dreitausend Meter Höhe, wo
die Drongs leben. Als die Herde in Sicht kam, stieg ich vom
Pferd und bat Großvater, hier zu warten. Er ließ mich gehen. Er wusste, dass mir nichts Böses zustoßen würde. Ich
wanderte mit Yu den Hang hinauf, folgte der undeutlichen
Spur der Tiere, die sich im Gestrüpp oder zwischen den
Steinen verlor. Die Drongs wurden unruhig, als wir uns näherten. Ich machte Yu deutlich, dass ich nicht weitergehen
konnte. Ich nahm seinen Kopf zwischen beide Hände, legte
meine Stirn zwischen seine Hörner und nahm weinend Abschied von ihm.

Yu schien diese Geste zu verstehen; langsam entfernte
er sich, näherte sich den Weibchen, die ihn mit dumpfem
Brummton riefen. Plötzlich wandten die Weibchen sich ab,
entfernten sich zwischen den Felsblöcken. Yu folgte ihnen
den Hang hinauf. Ich hörte das Rollen eines Kiesels. Dann
Stille. Er war fort.

In der Nacht hatte ich einen seltsamen Traum. Ich er-
klomm einen Berghang. Zuerst war Nebel da; dann wuchs
eine Gestalt aus dem Dunst. In der Finsternis stand Yu, den
Wind witternd. Er schimmerte in der Nacht wie ein Wesen
aus Licht; ich steckte zwei Finger in den Mund, begrüßte

ihn mit dem gewohnten Pfiff. Yu spitzte die Ohren; dann senkte er den Kopf und stürmte auf mich zu. Im Traum sieht man Bilder, Geräusche hört man selten. Yu fegte völlig lautlos herbei. Seine Hörner glänzten und ich konnte Blut daran sehen. Ich streckte beide Arme nach ihm aus, doch meine Hände griffen durch ihn hindurch. Als ich an mir herabblickte, leuchtete weißes Licht aus mir.

Da erwachte ich, steif vor Kälte. Der Morgen dämmerte. Ich hörte ein Geräusch und meine Mutter setzte sich neben mich.

»Nun, Atan, hat Yu dir einen Traum geschickt?«

Verdutzt sah ich sie an. Sie lächelte.

»Du hast im Schlaf gepfiffen.«

Ich beschrieb ihr, was ich gesehen hatte. Shelo hörte aufmerksam zu.

»Von den Tieren kommt viel Kraft«, sagte sie. »Yu hat dir im Traum gezeigt, dass er dein Schutzgeist ist.«

Ich fragte mit gespannter Stimme:

»Muss ich jetzt zu ihm beten?«

»Nein. Schutzgeister bringen uns der Erleuchtung nicht näher. Aber sie sind bei uns, Diener, Freunde und Helfer.«

»Hast du auch einen Schutzgeist, Mutter?«

»Das ist klar«, sagte sie. »Yu spricht zu dir in der Sprache des Herzens. Und alles, was du fühlst, überträgt sich auch auf ihn. Und das ist gut so. Du wirst noch manches von ihm lernen. Vertraue ihm, wenn du in Gefahr bist. Er wird dir seine Kraft schenken. So!«

Sie nahm meine Hand in ihre braune Hand mit den schlanken Fingern und drückte sie leicht. Ich spürte einen warmen

Strom, der durch meine Handfläche ging, wie eine seltsame Schwingung. Ein Schauer überlief mich. Mächtige Kräfte pulsierten in meinen Adern. Das Gefühl überwältigte mich. Es schien mich von der Außenwelt abzutrennen, sogar von mir selbst. Ich riss die Decke hoch, wickelte mich fest in sie ein, rollte mich zusammen. Shelo indessen saß ganz still. Ihre Hand streichelte mich; ich spürte ihre Finger wie Federn, die leicht und unentwegt meine Schultern und meinen Kopf berührten.

Solche Ereignisse kann ich nicht vergessen. Später erlebte ich, wie die Veränderung unser Volk erfasste, wie das Lachen und die Lieder und die Gebete verstummten. Doch die Bilder meiner Kindheit sind in mir leuchtend und wunderbar. Sie schenken mir die Kraft zu leben.

aus: Federica de Cesco, Die Tibeterin © 1998 Ullstein Buchverlage GmbH, Berlin (Erstausgabe im Verlag Marion von Schröder, Taschenbuchausgabe bei blanvalet)

Literarische Knobelei
Welttags-Geschichten-Quiz

Wenn du die Geschichten in diesem Buch genau gelesen hast, kannst du bestimmt das Rätsel auf den folgenden Seiten lösen.

So findest du die Lösungsworte, nach denen auf Seite 119 gefragt wird: Trage den Buchstaben, der vor der jeweils richtigen Antwort steht, in das Lösungswortkästchen mit der entsprechenden Nummer ein. Der Buchstabe zur Frage 1 kommt also in das Kästchen mit der Nummer 1 usw. Drei Buchstaben der Lösungsworte sind bereits vorgegeben.

Wenn du bei einer Antwort mal unsicher bist, darfst du natürlich auch zurückblättern und nachlesen. Noch ein Tipp: Die Reihenfolge der Fragen entspricht nicht der Reihenfolge der Geschichten im Buch.

Aus allen Einsendungen werden 50 Gewinner gezogen, die sich auf tolle Preise freuen dürfen. Was es zu gewinnen gibt und wohin du die Lösungsworte schicken sollst, steht auf den Seiten 120 und 121.

Wir wünschen dir viel Spaß beim Lesen und Raten und viel Glück beim Welttags-Geschichten-Quiz!

1. **Mit welcher Eigenschaft zieht Mister Ping seinen jungen Freund auf?**

    K) Schweigsamkeit
    F) Langsamkeit
    G) Faulheit
    N) Gefräßigkeit

2. **Was bezeichnet man in Australien als »Portugiesische Galeeren«?**

    X) Blumen
    D) Schiffe
    T) Cocktails
    R) Quallen

3. **Wie nennt man in Mexiko eine Wasserstelle, die auch als heiliger Ort verehrt wird?**

    D) Ceiba
    M) Cenote
    B) Campesino
    S) Zocalo

4. **In welchem Gebäude wohnen Inga und Nick in Brasilien?**

      G) Fünf-Birken-Haus
      D) Drei-Palmen-Haus
      H) Vier-Kaktus-Haus
      T) Bambushütte

5. **Was wollen die Hopi-Indianer mit ihrem Tanz herbeibeschwören?**

      J) Sonne
      V) Wildpferde
      L) Regen
      N) Büffel

6. **Welchen Beruf hat Chakas Vater?**

      W) Hirte
      Ü) Hotelbesitzer
      K) Schreiner
      Ä) Ranger

7. Im späten Mittelalter dachten die Menschen in Sevilla, die Haut werde beim Baden?

> V) haarig
> T) grün
> D) dünner
> K) schuppig

8. Welche Tiere sind für Tibeter im Alltag sehr wichtig?

> E) Yaks
> A) Kühe
> U) Schafe
> I) Pferde

Lösungsworte: Beim Lesen der Geschichten erkundest du

$$\underset{1}{\_}\ \underset{2}{\_}\ E\ \underset{3}{\_}\ \underset{4}{\_}\ E \qquad \underset{5}{\_}\ \underset{6}{\_}\ N\ \underset{7}{\_}\ \underset{8}{\_}\ R.$$

Hast du die Lösungsworte herausgefunden? Dann sende sie bitte an:

Stiftung Lesen
Welttags-Geschichten-Quiz
Römerwall 40
55131 Mainz

FAX: 0 18 05–28 89 00
E-Mail: quiz@stiftunglesen.de

WICHTIG: Gib bei deiner Einsendung bitte deine Adresse und deine Klassenstufe an!

Einsendeschluss für das Quiz ist Freitag, der 18. Mai 2007.
Die Gewinner werden unter allen richtigen Einsendungen ausgelost. Der Rechtsweg ist ausgeschlossen.

Die Lösung sowie die Gewinner werden ab Anfang Juni auf unserer Internetseite unter www.stiftunglesen.de/welttag und unter www.ich-schenk-dir-eine-geschichte.de veröffentlicht. Da wir sehr viele Einsendungen erwarten, können wir leider **nur** die Gewinner schriftlich benachrichtigen.

Die Preise:

1. Preis:
Eine mehrtägige Klassenreise innerhalb Deutschlands aus dem aktuellen Katalog »Klassenfahrten und Jugendgruppenreisen« der Deutschen Bahn AG inkl. Übernachtung und Verpflegung.

Mobility Networks Logistics

2. Preis:
Eine eintägige Fahrt mit der ganzen Klasse zur Aufzeichnung der ZDF-tivi-Quizsendung »1, 2 oder 3« in München

3.–10. Preis:
Je ein Jahresabonnement der Zeitschrift » Treff « sowie ein Buchpaket für die Klassenbibliothek

11.–50. Preis:
Je ein Buchpaket für die Klassenbibliothek

Wenn du gewinnst, gilt der Preis für dich und deine gesamte Klasse!

© privat

Antje Babendererde, geboren 1963, wuchs in Thüringen auf. Nach einer Töpferlehre arbeitete sie als Therapeutin mit Kindern in der Psychiatrie. Seit 1996 ist sie freiberufliche Autorin mit einem besonderen Interesse an der Kultur, Geschichte und heutigen Situation der Indianer. Ihre einfühlsamen Romane zu diesem Thema für Erwachsene wie für Jugendliche fußen auf intensiven Recherchen und USA-Reisen und werden von der Kritik hochgelobt.

© Holger-Andre.de

Brigitte Blobel, 1942 in Hamburg geboren, studierte Theaterwissenschaften und Politik und arbeitete in Frankfurt als Redakteurin bei Associated Press. Neben ihrer Tätigkeit als freie Journalistin und Drehbuchautorin hat sie zahlreiche Bücher für Jugendliche und Erwachsene geschrieben, die bereits mehrfach ausgezeichnet und in über ein Dutzend Sprachen übersetzt wurden.

© Kazuyuki Kitamura

Federica de Cesco, geboren in der Nähe von Venedig, wuchs mehrsprachig in verschiedenen Ländern der Welt auf. Nachdem sie bereits über 50 erfolgreiche Kinder- und Jugendbücher verfasst hatte, schrieb sie mit »Silbermuschel« ihren ersten Roman für erwachsene Leser, der sofort zum Bestseller wurde und dem weitere große Romane folgten (u. a. »Die Tibeterin«). Seit 28 Jahren mit einem japanischen Fotografen verheiratet, lebt Federica de Cesco jetzt in der Schweiz.

© privat

Martin Klein wurde 1962 in Lübeck geboren. Er verbrachte die Kindheit im Ruhrgebiet und die Jugend am Niederrhein. Nach Abitur, Zivildienst und einem Jahr als Sportstudent wurde er Gärtner und studierte Landschaftsplanung. 1990 erschien sein erstes Kinderbuch »Lene und die Pappelplatztiger«. Viele weitere folgten. Martin Klein lebt heute in Berlin und Potsdam.

© Volker Hinz

Hilke Rosenboom verbrachte ihre Kindheit auf den Inseln Juist und Baltrum, studierte in Kiel und besuchte die Journalistenschule in Hamburg. Nach 15 Jahren als Reporterin beim STERN begann sie, Romane für Kinder und Jugendliche zu schreiben.

© privat

Ursel Scheffler wurde in Nürnberg geboren und studierte Sprachen und Literatur in München. Ihr erstes Kinderbuch schrieb sie 1975. Inzwischen hat die erfolgreiche Kinderbuchautorin über 300 Bücher veröffentlicht, die man in 30 verschiedenen Sprachen lesen kann. Schauplatz der Serie »Hafenkrokodile« und vieler Kommissar-Kugelblitz-Krimis ist Ursel Schefflers jetziger Wohnort: die aufregende Hafenstadt Hamburg.

© Frank Pusch

Nina Schindler hat nach ihrem Studium als Lehrerin an einer Gesamtschule gearbeitet. Anfang der Neunzigerjahre kehrte sie dem Schuldienst den Rücken und begann, Kinder- und Jugendbücher sowie Kurzkrimis zu schreiben, und gab Bücher für Erwachsene heraus. Seither hat sie zahlreiche Bücher für Leser aller Altersgruppen veröffentlicht, die in ein Dutzend Sprachen übersetzt wurden. Außerdem arbeitet sie als Übersetzerin aus dem Englischen und Französischen. Nina Schindler ist Mutter von fünf Kindern und lebt mit ihrer Familie in Bremen.

© privat

Christa-Maria Zimmermann, in Wels/ Oberösterreich geboren, in Düsseldorf aufgewachsen, studierte Kunstgeschichte und Geschichte, arbeitete als Redakteurin und verfasst seit der Geburt von drei Töchtern und einem Sohn Krimis und Kinder- und Jugendbücher, am liebsten über Abenteurer, die wirklich gelebt haben, und Abenteuer, die tatsächlich passiert sind. Ihre Kinder sind immer die Ersten, die ihre Bücher lesen und manche Geschichten würden ohne die Vorschläge und Einwände der vier anders verlaufen. 2005 erhielt Christa-Maria Zimmermann den Friedrich-Gerstäcker-Preis für Jugendliteratur.

Antje Babendererde
Zweiherz
cbj Verlag

Brigitte Blobel
Du hast aber Mut!
Arena Verlag

Federica de Cesco
Shana das Wolfsmädchen
Arena Verlag

Martin Klein
Wie ein Baum
omnibus/cbj Verlag

Hilke Rosenboom
Ein Pferd namens Milchmann
Carlsen Verlag

Ursel Scheffler
Das Märchenschloss
cbj Verlag

Nina Schindler
Mann oh Mann
cbt/cbj Verlag

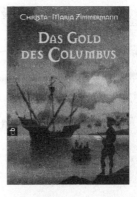

Christa-Maria Zimmermann
Das Gold des Columbus
cbj Verlag

Nachwort

Aktionen rund um den Welttag des Buches

Jedes Jahr rund um den 23. April werden weltweit das Buch und das Lesen gefeiert. Nicht nur in eurer Schule, sondern auch in zahlreichen Buchhandlungen, Bibliotheken etc. gibt es zum Welttag des Buches die unterschiedlichsten Veranstaltungen rund ums Buch und ums Lesen ... und für euch die Möglichkeit, tolle Preise zu gewinnen!

Neben dem Quiz hier im Buch gibt es noch viele andere spannende Ideen und Aktionstipps zu den »Geschichten aus aller Welt« für euch. Schaut einfach nach im Internet unter www.stiftunglesen.de/welttag

Darüber hinaus bieten viele Buchhandlungen rund um den Welttag des Buches auch wieder eine literarische Schnitzeljagd an: An verschiedenen Stationen löst ihr knifflige Rätsel – und könnt so tollen Schmökerstoff gewinnen! Vielleicht habt ihr Glück damit in der Buchhandlung in eurer Nähe.

Auch bei ZDF-tivi, dem Kinder- und Jugendprogramm des ZDF, spielt der Welttag des Buches wieder eine Rolle: In verschiedenen Sendungen wird das Thema Lesen aufgegriffen.

Wir wünschen euch viel Lesespaß bei allen Aktionen rund um den Welttag des Buches!